鍵師の流儀

Kazuya Nakahara
中原一也

CHARADE BUNKO

立石涼

Illustration

立石涼

CONTENTS

プロローグ

男は、追われていた。

身を隠しながらなんとか目的の場所まで行こうとするが、前方から足音が聞こえてきて、物陰に身を潜める。居場所を特定されるのではないかと思うほど、息があがっていた。

「くそ……」

あと少しだというのに、辿《たど》り着けない。銃を持った男たちが自分を追っていると思うと、脚が震えた。しかし、今さら後戻りはできない。

一度仲間を裏切った男を許してやるほど、組織の人間は甘くないだろう。

複数の足音をやり過ごし、男は身を隠せる場所はないかと周りを見渡した。そして、大きな建物があるのに気づく。

博物館だった。

あそこに忍び込めば、警報が鳴って警備員が駆けつけてくる。ガラスの一枚でも割れば、警察を呼んでくれるだろう。一般人に助けを求めても助かるどころか道連れにしてしまうだけだろうが、警察が駆けつけてくれれば組織の人間も引くかもしれない。

そう思った男は、辺りに気を配りながら建物へと近づいていった。

博物館では、明治時代の有名なからくり技師・大川吉衛門《おおかわきちえもん》の展覧会が行われているようだ。

正面玄関には、大きなポスターが貼《は》ってある。

真正面からだと警察に保護される前に見つかる可能性が高いと思った男は、裏に回って侵入できそうなところを捜した。目星をつけると、植え込みの中にあった石を摑《つか》んでガラスを叩《たた》き割る。

まだ、警報は鳴らない。

しかし、警備システムにより警備員に異変は届いているに違いない。

手を突っ込み、鍵《かぎ》を開けて中へ侵入する。

「——誰《だれ》だ！」

懐中電灯で顔を照らされ、男は目を細めた。制服を着た中年の警備員を見るなり、飛びつくようにそちらへ向かう。

「た、助けてくれ……っ」

これで助かると希望が見えたかに思えたが、警報が鳴り、静けさに包まれていた博物にその音が響いた。そして、表玄関の方で物音がする。組織の人間だ。

「な、なんだ?」

「行くな！　警察を呼んでくれ！」

「え……？」

警備員は驚いた顔で表玄関の方に懐中電灯を向けた。もう話している時間はないと、男は警備員の横をすり抜けて博物館の奥へと向かう。

「死にたくなかったら、警察を呼べ」

「お、おい！」

警察が到着するのが先か。それとも、自分が組織の人間に見つかるのが先か——。

男は、持っていたデータの入ったUSBメモリがあるのを確認するように、ポケットの中のそれをしっかりと握った。

これをサイバー犯罪対策室の刑事に届ければ、罪は軽くなる。そう約束した。

必ず助かってみせると自分に言い聞かせて二階に上がるが、すぐに足音が聞こえてくる。

下を見ると、飛び込んできたのは警察官ではなかった。黒のタートルシャツにニット帽、手袋を嵌《は》めた手には、サイレンサーつきの銃を握っている。

「——ひ……っ」

さらに奥へと走り、周りを見渡した。絶体絶命という状態に恐怖が湧《わ》き上がる中、ある物に目が行く。

ガラスの向こうに展示されているのは、金庫だった。高さ一・五メートル、幅と奥行きが一メートルほどだろうか。扉は開いたままになっており、分厚い鉄の塊のようなそれの内部が見える。

説明文には、明治時代に天才と言われたからくり技師が、自分の持つ技術をすべて詰め込んで作ったとされる金庫だと書かれてあった。扉についた二つのダイヤルの番号を誰にも教えることなく死んでいったため、開けることは不可能とされていた。その金庫が伝説と謳《うた》われる鍵師の手により開けられたのは、今から十五年ほど前のことだ。

一時期話題になったため、男もよく覚えていた。

隠し場所はここしかないと思い、ガラスを割って展示してある金庫に近づく。そして、持っていたＵＳＢメモリをその中に入れ、扉を閉めてそれについている二つのダイヤルを左右に回して施錠した。

最後に、中に入っていた物と一緒に展示してあった鍵を鍵穴に差して回す。

男は、その場を離れて非常口の方へ走った。しかし、すぐに八方塞《はっぽうふさ》がりになる。

「いたぞ！」

声が響いたかと思うと、いくつもの足音が男の方へ向かってくるのが聞こえてくる。

「ぐぁ……っ」

脚に衝激が走り、男はその場で崩れ落ちた。一瞬何が起きたのかわからなかったが、すぐに激しい痛みがやってくる。これまで感じたことのないほどのそれに、立ち上がることができない。

「うぁぁああ……っ」

撃たれた部分は、灼熱《しゃくねつ》に包まれた。どうすることもできず床の上にうずくまっていると、視界の中に黒い革靴の爪先《つまさき》が入ってきて、自分を取り囲むそれに男の恐怖は最高潮に達する。

「よくも裏切ったな。データはどこだ？」

「ぅ……っ」

「データはどこだと聞いている」

答えなければ、殺される。しかし、答えても同じだ。それは、長年組織にいた人間だからこそ、よくわかっていた。

別の方からもう一人近づいてきて、小声で何かを報告する。

「金庫？」

金庫を展示しているガラスが割れているのを見つけたのだろう。だが、もうすぐ警察が駆けつけてくる。それまでにあの中の物を取り出すなんて、不可能だ。持っていた金庫の鍵に気づかれて奪い取られるが、それだけではどうにもならない。

「俺は、間違ってた……っ、どんな理由があれ、……テロ行為なんて……」

「黙れ」

冷たい声が降ってくる。

「お前のような臆病者《おくびょうもの》に改革の準備を手伝わせたのは、間違いだったな。あれだけのものを作ることができるのに、せっかくの才能も宝の持ち腐れだ」

「おい、警察が来るぞ。早く金庫の中のデータをなんとかしないと」

別の仲間がそう叫ぶが、男が慌てる様子はなかった。

「……っく、俺を、殺すと……、……データは……二度と……っ、バックアップも……」

「確かにな」

暗がりの中、ニヤリと笑う口元だけがよく見えた。まるで不思議の国にいるチシャ猫のようだ。出血が多くて、幻覚を見ているのかもしれない。

早く、助けてくれ。

そう強く願った瞬間、表玄関の方が騒がしくなった。複数の人間が突入するような音が聞こえ、同時に男は自分に向けられている銃が下ろされるのを見る。

「警察だ。もう行くぞ」

仲間の一人が先に逃げ出すと、これで助かったと安堵《あんど》した。あの情報を提供すれば、罪も軽くなると……。

しかし次の瞬間――。

「ぐぁ……っ！」

胸の辺りに、痛みが走った。

「余計なことをペラペラしゃべられても困るからな。かといって、その状態のお前を抱えて連れ帰ることも不可能だ」

「あ……」

信じられず、胸に手をやると血で染まっている。大量の血だ。

足音が遠ざかっていき、しばらくすると今度は違う方向から別の足音が近づいてくる。

「おい！　おい！　大丈夫か？」

ようやく駆けつけた警察官に抱き起こされるが、至近距離から撃たれた男の意識はすでに朦朧《もうろう》としていた。

「お前だな？　お前が警察庁に電話をくれた奴だなっ？　おい、しっかりしろ！」

電話で聞いたのとは違う声だが、間違いなく連絡を取ったサイバー犯罪対策室の人間に言われて駆けつけた刑事だ。ある程度、事情は把握している。

だが、もう息ができなかった。どんなに息を吸い込んでも、楽にはならない。

「おい、しっかりしろ！　もうすぐ救急車が来る」

耳元で怒鳴り声がするが、それも次第に聞こえにくくなっていく。

生きたい。

そう思いながらも、自分はもう助からないのだと男は悟った。それなら、せめて死ぬ前に罪の償いをしたい。

「……金庫、……中」

「金庫？　あれか？　あの中に証拠の品があるんだな？」

「ちが……、……データ……、一ヶ月、後……だ……」

「なんだって？　データにお前の言ってた組織の計画が書かれてるのか？　おい！　答えてくれ！」

「一ヶ月後、……っ、計画……、……っく、……死ぬ。人が、……たくさん、……死ぬ……っ、あの……データを……」

「おい！」

揺り動かされるが、最後まで言うことなく男はこと切れた。

雑居ビルの三階に『horimasa』と書かれた小さな看板が掲げてある店があった。

中は薄暗く、六畳ほどの待合室と施術部屋、そして三畳に満たない狭い給湯室がある。診察用のベッドは病気やケガの治療のためではなく、背中にタトゥを入れる客用に置かれているものだ。腕など一部に入れる客には、パイプ椅子《いす》が用意してある。

そこそこ整理整頓《せいとん》はしてあるが、客に親切な店とは言えない。一時間も座っていれば尻《しり》が文句を言い始めるだろう。ベッドの方もクッションはほとんど効いておらず、硬い。

壁にはサンプルとして、これまでの作品が並べてあった。ヤクザの刺青《いれずみ》とは違い、蝶《ちょう》やスカルなどの模様が中心だ。機械彫りは手彫りほどの痛みはなく、最近は気軽に入れる若者が随分増えてきた。

タトゥ・アーティストにはいい時代だ。

「どのくらいできました〜？」

「もう少しだよ」

「早く見てぇ～」

今日の客は、ボディ・ピアスをした金髪の若者だった。前々からタトゥを入れたかったらしく、何度も店でサンプルを確認して今日ようやく決心した。嬉《うれ》しいのはわかるが、おしゃべり好きな客につき合ってやるほどの優しさなどなく、聞かれることの三割も答えてはいない。

「ほら、動くなよ」

冷たく言うと若者はようやく黙り込み、少しホッとする。

あと五分もすれば、再びしゃべり出すだろうが……。

泉正樹《いずみまさき》、二十七歳。タトゥ・アーティストとして店を構えるようになって約三年が経《た》つ。

相手が未成年でなければ医療法などの法律上の規制はなく、誰でもアーティストを名乗ることはできるが、泉の店には口コミで訪れる客が多かった。

子供の頃から手先が器用で、細かい作業を得意としてきた。絵の勉強もしたことはないが、持ち前のセンスのよさのおかげか、評判はいい。

癖のない黒髪と切れ長の一重。目頭の切れ込みが深く、中国の美人画に描かれるような独特の雰囲気を持つ目をしていた。客の外国人に迫られたことが何度かあるが、どの男も少年愛者ばかりだった。

東洋人は若く見られがちだが、泉は平均的な日本人よりもそれが顕著なのかもしれない。

泉は祖父の若い頃によく似ており、女にはモテた。聞くところによると、たくさんの女をはべらせて祖母を泣かせていたという。色白の優男だった祖父はもう亡くなったが、物心つく前に両親を交通事故で亡くした泉が頼れるのは祖父だけで、今でも形見の品を大事に持っている。

祖父より受け継いだいくつかのものの中で、容姿は泉の人生に大きな影響を与えたと言えるだろう。しかし、この見てくれで得をしたというより、いらぬ厄介事を抱えることの方が多かった。その一番が、塀の中での出来事だ。

泉には、犯罪歴がある。

窃盗の罪で刑務所に放り込まれたのは二十歳《はたち》を過ぎた頃で、あの閉ざされた世界では見てくれのいい者は女にされる。

もちろん、泉もその日のうちに目をつけられた。

看守が囚人のためにしてくれることなど、ごくわずかだ。泉が同じ房のヤクザに女にされていたのを知っている者もいたが、誰も助けてはくれなかった。

服役していた二年間、泉はずっとヤクザの女にされていた。

けれども、地獄のような日々だったかというと少し違う。

泉のバックヴァージンを奪った男は極道だったが、人でなしではなかった。泉をちゃんと人間として扱い、可愛《かわい》がってくれた。囚人を番号で呼ぶ看守より随分とマシだと思っていたくらいだ。

しかも、泉は昔から女に興味がなかった。祖父に与えられたおもちゃに夢中になっていたため年頃になっても恋愛には無関心で、誰かを好きになった覚えもなかった。刑務所に入るまではただ単に淡白なのだと思っていたが、男に抱かれて初めて自分がそちらの世界の住人なのだとようやく気づいた。

特定の誰かにのめり込まないのは今も変わらないが、あの特殊な場所で有無を言わさず女にされたため、自分はホモなのだろうかと悩む手間が省けたとも言える。

どちらかというと、感謝しているくらいだ。

「あ。ところでさ～、泉さん。この前の停電すごかったっすね。渋谷《しぶや》が一気に真っ暗って、あり得ねぇっつーか。俺びっくりですよ～。この辺りも消えたんでしょ？」

我慢できなくなったのか、まだ五分も経っていないというのにおしゃべりな客はまた口を開き始めた。

「知ってます？　電話も繋《つな》がんなかったって。警察に通報しても繋がんねーってすごくないっすか？　犯罪やり放題じゃん！　俺、思ったんですけど～、その辺の女捕まえて一発やっときゃよかった。ね、泉さんもそう思うでしょ？」

「俺はホモだから女には興味ないんだよ」

「あ、そっか。じゃあ、男子校生に迫るとか？」

「ガキにも興味ないの。おい、動くなって。途中でやめるぞ」

「すいませ～ん」

わかっているのかどうなのか、少し黙ったが、男は五分後に再び口を開いた。ようやくおしゃべりから解放されたのは、作業が終わった二十分後だ。

「お～、やっぱり泉さん腕いいっすよね。俺、ここに来てよかった～」

鏡を見せると、男はテンションを上げて喜んでみせる。

「家に帰ってもちゃんとこまめに消毒しろよ～。色の定着が悪くなるから、今日は風呂《ふろ》なしな」

「は～い」

金を受け取り、客に消毒薬などの手入れグッズを一式手渡して仕事は終わった。ご機嫌で帰っていくのを見送り、タバコに火をつけて一服をする。

二十七にして愛飲しているのは『セブンスター』だ。タバコを覚えたのは、祖父の吸っていたのをくすねたのがきっかけだ。

泉はベッドに脚を乗せて目を閉じ、しばらく何もしない時間を楽しんでいた。早いが、今日は予約も入っていないし、もう店を閉めようかなんて考える。

その時だった。

「おい、開いてるか～?」

タバコを一本吸い終わる前に、次の客が姿を現した。

「開いてるよ」

すっかり仕事をする気がなくなっていた泉は、少し面倒に思いながらベッドから脚を下ろして客の方を振り返る。

歳《とし》は四十二、三といったところだろうか。こわもての男だ。人相が悪く、無精髭《ぶしょうひげ》を生やしていた。ネクタイは緩められており、スーツの上着はよれよれでスラックスのラインも消えている。

野性的という言葉が似合う偉丈夫で、塀の中で自分を女にしたヤクザに少し印象が似ていると思った。あのヤクザも、浅黒く日焼けした男前だった。

「お前が泉正樹か？」

なかなかの美声に聞き惚《ほ》れそうになる。胸板が厚いのだろう。少ししゃがれているが、低い声には深みがあった。耳元で囁《ささや》かれたら女はすぐ落ちるだろうと思い、いやお前がだろうと自分に突っ込みを入れる。

「何？　タトゥ入れたいのか？　そういうタイプには見えないけどな」

言うと、男は内ポケットに手を入れ、中から黒い手帳を出して掲げてみせた。

岩谷忠弘《いわたにただひろ》。

名前くらいは聞いたことがあった。この辺りの悪党や水商売をしている人間の間では、有

名な刑事だ。どこにでも、アウトローや一匹狼《いっぴきおおかみ》の刑事はいる。

途端に泉は警戒心を強くした。

「新宿《しんじゅく》署の岩谷だ。実は……」

「お断りだ」

遮るように言ったのは、刑事なんて人種とは関《かか》わりを持ちたくなかったからだ。泉が一番嫌っている職業と言ってもいいだろう。話を聞く気にもならない。

「まだ何も言ってねぇだろうが」

「俺は警察が嫌いなんだよ。ムショでヤクザに女にされても知らん顔されたからな。おかげですっかりホモだよ。まぁ、もともと素質はあったみたいだけどな」

タバコを消し、挑発的に言ってやるが岩谷は乗ってこない。

「お前、泉昭三《しょうぞう》の孫だな?」

久々に他人の口から祖父の名前を聞かされた泉は、さらに警戒心を強くした。しかし、表情には出さず、ふふんと鼻で嗤《わら》ってみせる。

「だから?」

「伝説の鍵師は、お前のじーさんだろうが」

「伝説って……馬鹿馬鹿しい。ただの鍵職人だよ」

「だが、絶対に破られないと言われていた大川吉衛門の金庫を開けたのは、泉昭三だ」

「ああ、あれね。確かに依頼を受けて開けたらしいけど、だから何？　仕事の依頼なら無駄だぞ。じーさんはとっくに死んでんだからな」

残念でした、とばかりに言ってやるが、岩谷は引かない。

「だが、その腕を受け継いでる奴がいるって話を聞いた」

泉の出方を見るように、じっと視線を向けてくる。

二人の間の空気が、ピリピリとしたもので満たされていく。

どこまで自分を知っているんだと、そしてなんのために自分のところに来たのかと、泉も岩谷を観察するように見ていた。お互い、相手の手持ちのカードを読むように、腹の探り合いをする。

「誰の話をしてるんだ？」

「お前に決まってんだろうが。俺が躰にチョウチョのお絵描きしてもらいに来たとでも思ってんのか？」

「人違いじゃないの？」

「俺が聞いた話では、じーさんの耳が悪くなってからは、その孫が代わりに仕事をしていたって噂《うわさ》もある」

岩谷の言っていることは事実だった。

鍵職人だった祖父は、泉が子供の頃から解錠のノウハウを教えてくれた。小さな泉にとっては鍵を開けるのは遊びの一環で、少しずつ難しい鍵に挑戦していくのが楽しかった。

それがいつしかプロの職人の腕をしのぐほどとなり、その才能を開花させていったのだ。

努力の人だった昭三とは対照的に、泉は天才肌だと言われたのをよく覚えている。その言葉を肯定するように、高校に上がる頃には既に祖父の腕を上回るほどになり、泉の腕に勝る者はいないとさえ言われるようになった。

だが、そこまで知っている人間はそう多くはない。

祖父の鍵師仲間が数人と、泉の事件を担当した警察関係者くらいだ。

刑期を終え、金庫破りから足を洗った泉を訪ねてくるということは、ある程度調べていると考えていい。

そして、鍵師なんていくらでもいるのに、わざわざ泉昭三の孫を選んだのにも、それなりの理由があるはずだ。

つまり、泉に特別な仕事をさせるためだ。

「いい加減に認めたらどうだ？　お前のじーさんが開けた大川吉衛門の金庫を、もう一度開けて欲しいんだよ」

挑発的に言われ、隠しても無駄だと思い知らされる。

さすがに一筋縄ではいかないかと負けを認めるが、手を貸してやる理由にはならない。刑務所に入る前の泉なら間違いなく身を乗り出してその話を聞いただろうが、今は違う。昔の自分と決別した泉にとって、岩谷は厄介事の運び屋でしかなかった。

ようやく手に入れた平和な日常を失う危険性がある。

「まぁ、確かに鍵の開け方は習ったよ。だけど、俺ができるのはお遊び程度だ」

「だったら自分で本庁の奴にそう言え。連れていってやるから」

「どうしてわざわざ俺が行かなきゃならないんだ。冗談じゃない。まぁ、あんたが抱いてくれるんなら、行ってやってもいいけど～？」

どう見てもそちらの趣味はなさそうな男に、流し目を送ってやる。警察にホモは多いと言われることもあるが、逆に毛嫌いする人間も少なくないとも聞いたことがある。

岩谷は、おそらく後者だ。

「悪いが、俺は男はやんねーんだよ」

「残念。すごく強そうなのに……」

泉は、わざと股間《こかん》を見てやった。だが、ここまでしても岩谷は顔をしかめたりはしない。自分の躰《からだ》を舐《な》めるように見るオカマ野郎を軽蔑《けいべつ》するだろうと思っていたが、この反応は予想外だった。嫌がらせのつもりだったが、不発に終わったようだ。

この男は例外なのかもしれない。

「大体、なんで俺に言うんだ。現役で活躍してる鍵師なんて、いくらでもいるだろう？」

「泉昭三の孫だからじゃねぇのか？　お前になら開けられると見込まれてんだろ？」

「だから、それが買い被《かぶ》りすぎなんだよ」

「とにかく、文句があるなら本庁の奴に言え。俺はお前を説得して連れていかねぇことには、仕事に戻れねぇんだ。こっちだってこんな雑用を頼まれて迷惑してるんだよ」

小指で耳の穴をほじりながら、岩谷は面倒そうに言った。

なんて男だ。

自分の使命というより、面倒な仕事を早く片づけたいだけだというのを隠しもしない岩谷に、泉もさすがにムッとした。

岩谷に対する反発心は一気に膨れ上がる。

「ほら。駄々こねてねぇで来い」

「——っ！」

二の腕を摑まれ、泉はあっという間に引きずられていった。

力ずくで自分を連れていこうとする傲慢《ごうまん》さに、やはり刑事なんて自分勝手で胸糞《むなくそ》の悪くなるような連中ばかりだと、怒りが込み上げてくる。

「何が『駄々こねてねぇで』だ。馬鹿にするな」

抵抗したがびくともせず、いとも簡単に連れ出される。

「俺の意思はどうなるんだ?」

「そんなもん俺の知ったことか」

「だから警察は嫌いなんだよ。逮捕権を与えられて偉くなった気分にでもなるのか？　ムショの中にいたヤクザの方が、まだマシだったよ。俺の意思を尊重してくれたからな」

泉は、本気で怒っていた。力では敵《かな》わないが、絶対に言いなりになどなってやるものかと自分に誓う。

この男の言うことだけは、絶対に聞かないと……。

「大体警察ってのはなぁ、捜査のためとかなんとか、いつも大義名分を振りかざして俺ら庶民の都合はお構いなしだ。しかもお前ら警察はな、自分が犠牲を払うことはしないで他人に払わせるんだよ。そしてさも自分の手柄のような顔をする。最低な奴らだよ」

岩谷はピタリと動きを止めたかと思うと、黙って泉を見下ろした。

殴られるかと思ったが、それならそれでいい。ここで手を上げるような人間なら、泉の言葉が正しいと証明しているようなものだ。

どちらにしろ、力に屈する気はない。

「じゃあ、俺がお前を抱いてやったらついてくるのか？」

「え……？」

「さっきそう言っただろうが」

一瞬、自分の耳を疑った泉だが、岩谷はすぐさま次の行動に出る。

「――ぅわ……っ」

部屋の中へと連れ戻されたかと思うと、施術用のベッドに上半身を押さえつけられた。背中に岩谷の厚い胸板を押しつけられ、いきなりズボンに手をかけられる。

「お望み通り抱いてやる。さっさと尻を出せ」

「ちょ……っ、何するんだ」

「抱いたら協力してくれるんだろうが。そんなに突っ込んで欲しけりゃいくらでも突っ込んでやるよ。ただし、俺は男は初めてだからな。お前の望み通りに気持ちよくさせてやれるかは、保証できねぇぞ」

本人の言う通り岩谷の手つきは乱暴で、にわかに危機感が大きくなった。

本気で自分を抱けと言ったつもりはない。どうせできないだろうと高をくくっていただけだ。まさか本気でこういう行動に出るとは思わず、さすがの泉も焦っていた。

自分のズボンにかけられた岩谷の手を、なんとか引きはがそうとする。

「放せ……っ」

「嫌がってみせるのは演出か？」

「ちが……」

むんと男の匂《にお》いがして、泉は下半身が熱くなるのを感じた。常に牡《おす》のフェロモンを振りまいているような岩谷は、本人が意識せずとも周りの者を魅了する。

「なんだ。自分から抱いてくれって言っといてそれか。初心《うぶ》だな」

揶揄《やゆ》の交じった言い方に、奥歯を噛《か》み締めずにはいられない。

「いいから、放せって……っ」

悔しくて、情けなくて、絞り出すように言うと、ようやく解放してくれた。乱れた衣服を整えながら横暴な刑事を睨《にら》むが、目許《めもと》を赤くしたままそんなことをしても迫力などない。

「なんなんだよ、ったく……」

平気であんなことをするなんて、信じられなかった。どうして自分の方が焦らなければならないのかと思うが、顔の火照りは収まらない。反対に岩谷の方が落ち着き払っているのが、腹立たしかった。

「協力しろ」

「こ、断る」

強く言ったつもりだったが、声が上ずっているのが自分でもわかった。岩谷がそれに気づかないはずはないと思うと、情けなくてたまらない。

「とっとと出ていけよ。無理やり俺を連れていっても、金庫なんか絶対に開けないからな。あんたのせいで協力する気がなくなったって言ってやる。そしたら、あんたの方が困るんじゃないのか？」

さすがにこう出られると、岩谷も無理やり連れていくわけにはいかないとわかったのだろう。面倒臭そうに溜《た》め息《いき》をついて、パイプ椅子に手を伸ばす。

「じゃあ、その気になるまで待たせてもらう。そのくらいいいだろう」

「勝手にしろ。いつになるかわからないけどな」

その気になんて一生なってやるものか……、と思い、心の中で嗤った。力では敵わずとも、それなりにやり方というのはある。

しかし、岩谷も一筋縄でいくような男じゃないことを思い知らされるのは、すぐのことだった。


「どうにかしてくれ……」

泉は、店の近くにあるゲイバーでノンアルコールカクテルを飲んでいた。

岩谷が初めて店を訪れてから三日経つが、あの男は毎日のようにやってくる。客が来てもまったく遠慮しないため、邪魔になって仕方がなかった。

こわもての刑事がいるだけで、客足が遠のいてしまう。

絶対に金庫は開けないと言って無駄足を踏ませるだけ踏ませてやろうと思っていたが、これでは泉の方が根負けしそうだ。

「どうしたの、泉ちゃん」

「刑事につきまとわれてるんだって〜」

カウンターの中には、洋介《ようすけ》ママとデラちゃんというバイトの二人がいて、客に酒やちょっとしたつまみを出している。

乳首の形まではっきり見えるぴたぴたのシャツと細身のジーンズを身につけているのがデラちゃんで、真っ赤なパンツを穿《は》き、網タイツならぬ網シャツでセックスアピールしているのが洋介ママだ。

二人とも気のいいゲイで、『泉ちゃん』と呼ばれるのが嫌いな泉が、ちゃんづけで呼ぶことを許している数少ない友人でもある。

「ああ、新宿署の岩谷さんでしょ〜。あの人有名だからねぇ。目ぇつけられたらおしまいよ。泉ちゃんだって名前くらい聞いたことあんでしょ？」

「まぁな。でもそんなに危ない奴なのか？」

「犯罪者にとってはね。しつこく喰《く》らいつくらしいわよ〜。あんたも気をつけなさい」

「冗談じゃない。俺はまっとうに商売してるんだよ。あんな奴にいつまでもつきまとわれてたまるか。俺は何も悪いことはしてない」

「じゃあ、どうして泉ちゃんの店に通ってるの？」

自分が鍵師だったことはこの二人にも内緒にしているため、説明できずに黙りこくる。

「案外好みなんじゃないの～？　ワイルドなオヤジなんて、泉ちゃんのタイプじゃない？」

「あんな不良刑事、願い下げだ」

そう言ってヴァージン・メアリを飲み干しながら、岩谷のことを思い出した。岩谷のここ数日の行動を思い出すだけで、眉間《みけん》に皺《しわ》が寄る。

岩谷は悪党を苛《いじ》めるのが大好きなようで、こんな雑用からは早く解放されたいというのが態度によく表れている。上から言われて仕方なく泉の店に来ているが、本当は事件を追いたいのが見え見えだ。

その証拠に、本庁からの命令などそっちのけで泉の店を好き放題自分の活動拠点のように使ってくれるのだ。泉の店に毎日顔を出して一応の体裁は整えているが、本気で説得する気などないらしく、新宿でたっぷりと自分の仕事をしてきた後は、泉の店にやってきてビールを飲んだり備えつけのテレビで野球中継を見たりしてくつろいでいる。

そして、仲間から連絡が入ればまたすぐに現場に飛んでいく。

金庫なんか開けないと言っても、あの男にはなんの効果もなかったのだ。悪党を叩きのめす以外のことには、まったく興味がないに違いない。

しかも、岩谷が刑事をやっているのは正義のためなどではなく、単に趣味だ。ルールなどクソ喰らえと思っているのが、傍《はた》から見てもよくわかる。

絵に描いたような、組織からはみ出した不良刑事。

どうしてあんな男を迎えによこしたのかと、見たこともない本庁の人間を恨みたくなる。

「でも、ワイルドでイイ男よね」

「夜もすごく強そう」

「そう思う？　あたしも思うぅ～」

「やだぁ～」

「でもガッチガチのヘテロらしいわよ」

「あ～ん、残念」

ゲイが二人してきゃいのきゃいのとはしゃいでいるのを見て、日本も平和だとしみじみ思った。十六、七の若者が、天皇陛下万歳と言いながら死んでいった歴史がある国だとは思えない。

その時、急に店内の明かりが消えたかと思うと、五秒ほどおいてまたすぐについた。しかし再び消え、さらに十秒ほどの間隔をおいてもとに戻る。

店にいた客も、洋介ママもデラちゃんも、全員が黙りこくって成り行きを見守っていたが、明かりがついたままの状態が三十秒ほど続くと緊張していた空気が和らぐ。ボックス席にいた若い客は急に盛り上がり、けたたましい笑い声をあげながらはしゃぎ始めた。

「終わり？」

「そうみたい。このところ多いわね～。またこの前みたいになるのかと思っちゃった」

「も～、こんな都会で大規模な停電なんて嫌よ～。危なくって仕方ないじゃない。あたし怖いわ～」

「うちも大変だったものね。調子に乗った連中がお店のものを壊していくし。修理代十万くらいかかってさ～」

「ああ、あの時か。スプレー缶で悪戯《いたずら》された店もあったらしいな」

大規模な停電があったことは、泉の店に来た客も話していた。

それが起きたのは二週間ほど前のことだ。電力の供給が止まり、五時間にも及ぶ大停電が街を襲い、一時的に街は混乱した。インフラ制御システムがコンピューターウィルスに感染したとされ、水道の浄水機能にも影響が出て十分に浄水されないままの水が水道から出たなんて話もある。

一部の若者が、破壊行動に走ったのもニュースで話題になった。

馬鹿が集まるとすぐに暴走する。一人では何もできないが、数が集まると自分が王様になった気分で街を荒らすのだ。

現在は復旧しているが、ときどきこうして停電が起きる。そのせいで、若者たちの間では実はテロの仕業で、日本を乗っ取り、新しい国家を築こうとしているなんて噂がまことしやかに流れ、大いに盛り上がっていた。

都市伝説は昔から若者の間で人気だが、それだけ退屈しているのかもしれない。

泉も若い頃は、スリルの味に酔いしれたことはある。

「若いねぇ」

はしゃぐ若者を尻目にポツリと呟《つぶや》くと、呆《あき》れた視線を向けられた。

「ていうかさ、泉ちゃんは老けすぎてるのよ～。まだ二十七なのに、どうしてそんなに悟っちゃったの？」

「そうよそうよ。どうしてあんな小さな店で地味にタトゥなんか彫ってるの？　泉ちゃんみたいな子なら、芸能人だって夢じゃないわ～。人気俳優に交じってても絶対目立つと思うの」

「二十七の男を捕まえて『泉ちゃんみたいな子』はないだろう。それに、俺は目立ちたくなんかない」

本人を無視して、二人は泉の芸能界入りの話で盛り上がり始めた。つき合ってられないと、代金をカウンターに置いてスツールから降りる。

「ごちそうさん」

「あら～ん、もう帰るの～？」

「また来るよ」

そう言って二人に背中を見せたまま、軽く手を挙げる。

店を出ると、外は熱帯夜だった。日が落ちても熱気が冷める気配はなく、若者たちは一日はこれからだとばかりに盛り上がっている。

新宿の街を歩いていると、毒されていく気がした。

停電は広い範囲で起きていたようで、道行く若者たちがその話で盛り上がっている。二十歳前後の若い男が、何か悪さをしてやろうと声高に言っているのが聞こえた。

（若いねぇ）

先ほど店で言った言葉を、心の中で繰り返す。

泉はもともと冷めた方だったが、刑務所を出てからはさらに顕著になった。鍵師としてのテクニックを磨き、高みを目指すのが生き甲斐《いがい》だったが、それを自ら封印したのだ。他《ほか》に夢中になれることなどなく、隠居した爺《じじい》のような気分で生きている。

自分はとうに失った若さを羨《うらや》ましく思うでもなく、ただダラダラと歩きながら自分の店に戻った泉は、そこでピタリと足を止めた。

「遅ぇぞ」

岩谷が、店の前にいた。顔を見ただけでうんざりする。

「またあんたか」

「また俺で悪かったな。今日こそ来てもらうぞ。俺が命令を受けてもう三日だ。上が早くお前を説得して連れてこいってうるさいんだよ。それまで俺に仕事をさせるなと署長に言いやがった」

「そんなのそっちの都合だろ。無理やり連れてってても、俺は金庫なんて開けないからな」

「ったく、意地張りやがって」

鍵を開けて中に入ると、岩谷も当然のようについてくる。

わざと聞こえるように溜め息を漏らしてみせるが、この男にそんなことをしても無駄だということはわかっている。それでもせずにいられないのは、いい加減、この状態にうんざりしているからだった。

「どうしてあんたみたいなのが来るんだ。もう少しまともなのをよこしてくれたって、罰は当たらないと思うけどね」

「前科者はほとんどが警察嫌いだ。だから、俺をよこしたんだろう」

「なんで?」

「俺も警察が嫌いだからだ」

刑事のくせに妙なことを言うものだと思うが、なんとなくわかる気がした。

「あんた、友達いなそうだな」

「お前はどうなんだ?」

「あんたのことを聞いてるんだよ」

さりげなく矛先を泉に向けてきた岩谷に、油断ならない相手だと感じた。睨むようにして見ていると、岩谷は『そう警戒するな』と言いたげに笑ってこう言う。

「仲間ならいる」

意外な言葉だった。アウトローの一匹狼の周りは、敵だらけだと思っていた。

だが、さして興味はなく、「へぇ」とだけ言って店の奥へ入る。そして、泉はいつでも客を迎えられるように準備を始めた。岩谷の方はというと、勝手に給湯室に入って自分用にインスタントコーヒーを作り、パイプ椅子に座ってくつろいでいる。

しばらく好きにさせていたが、まるで不意をつくように岩谷がおもむろに聞いてきた。

「どうして、そんなに金庫を開けるのを嫌がるんだ？」

泉は、視線を岩谷に向けた。さすがに新宿で名を馳《は》せるだけはある。他人の気持ちを揺さぶるのが上手い。だが、その手に乗るかと嗤う。

「別に……。ただ、俺みたいな時代遅れのアナログな人間を使う必要があるとは思えないだけだよ。中身を取り出したければ、金庫をこじ開ければいいじゃないか」

「それができる金庫なら、とっくにやってる。ちょっと厄介な代物らしくてな」

「厄介って？」

言ってから、しまったと思った。

岩谷は、意味深な目つきをしている。泉の好奇心を煽《あお》る目だ。もしかしたら、この男の策略に嵌まったのかもしれない。わかっていたが、話に耳を傾けずにはいられない。

「へぇ、聞いてねぇのか。意外だな。かなり話題になった金庫だったんだが」

「当時俺は子供だったからな。それに、じーさんはそういう自慢話はしなかったんだよ」

「じゃあ、教えてやる。お前のじーさんが開けた金庫はな、天才と言われたからくり技師が作った金庫なんだよ。内側の壁は一枚の鉄板じゃなく、いろんな形をした鉄の塊が積み木みたいに組み合わされていて、壊したりこじ開けたりしようとすると、組み換えが起こって中の空間に歪《ゆが》みが起きる。つまり、下手すりゃ中の物は押しつぶされて壊れるって寸法だ。もちろん、俺がここに通ってる間にも何人もの鍵師が挑んだ。だが、みんな番号を割り出すことができずに尻尾《しっぽ》を巻いて帰っていった。お手上げ状態だそうだ。どうだ？　開けてみたくねぇか？」

興味がないと言えば嘘《うそ》だった。

泉は鍵師だ。しかも、天才と言われた腕を持っている。祖父が開けたそれを、自分も開けてみたいと思った。

本当に自分は天才なのか、試してみたい。

挑戦的な気持ちを煽られるのは、久し振りのことだ。ずっと意識してその世界から遠いところで生きてきたが、まだ自分は鍵師なのだと思い知らされた。

自分にならきっと開けられる——そう訴えるもう一人の自分が、泉に忘れていた感覚を思い出させていた。

そう、泉の中にいるのは、魔物だ。開けずにはいられない。自分の腕を試さずにはいられないのだ。

「俺は、もう二度と金庫破りはしないって決めてるんだ」

「持ち主の了解を得てるんだ。金庫破りじゃなくてちゃんとした仕事だよ」

「嫌だね。大体、俺みたいなコソ泥に天才からくり技師が作った金庫を開けろだなんて、無理に決まってる」

「無理じゃない。お前は天才だろうが」

「買い被るな。俺は凡人ですよ、刑事さん」

わざとそんな言い方をすると、岩谷は白々しいと言わんばかりの視線を泉に送ってきた。

「なんだよ？」

「犯罪歴を見たぞ」

まるで、心の奥を探られているようだ。どんなに隠しても、この男には見通されているようで落ち着かない。

「タバコ一本きっちり吸って仕事してたな。いつもマッチの燃えカスとフィルターギリギリまで吸ったタバコの吸い殻が現場に落ちてた。警察を嘲笑《あざわら》うようにな。別の事件で捕まらなければ、ムショに行くこともなかっただろう？」

岩谷の言う通りだった。

泉は、自分の腕を試したいがために、いつも金庫を破る時はタバコに火をつけて、きっちり一本吸ってから仕事にかかった。

祖父が仕事の前にしていたのと同じことをしていたのは、儀式のようなものだったのかもしれない。しかも、依頼を受けて開けるのではないのだ。いつ警備員や警察が駆けつけてくるかもわからない状況下で、それを行っていた。

一秒でも早く仕事を片づけたい場面で敢《あ》えてそんなことをしていたのは、若さゆえの思い上がりもあっただろう。もちろん、一度も失敗したことはない。

だが、泉は思わぬところで足を掬《すく》われることとなる。

泉が服役することになったのは、ある男女が金をふんだくってやろうと泉に痴漢の罪をなすりつけたのがきっかけだった。示談金目的で仲間と手を組み、まったく無実の相手に罪を着せて金をせしめる犯罪は、警察が把握している数字よりずっと多いだろう。

女は下着の中に手を入れられたと主張し、目撃者の男も泉が彼女のスカートの中に手を入れていたと証言した。しかし、二人の言動に曖昧《あいまい》な点や矛盾する部分があったことから、泉の手に被害者の皮膚組織が残っていないか確認するためにＤＮＡ鑑定を行うことになったのである。

検査の結果、ＤＮＡどころか衣服の繊維すら検出されなかった。それでも、手を洗って証拠隠滅したに違いないと被害を訴える彼女に、無罪を主張した泉は、今度は彼女の衣服に泉のＤＮＡが残っていないか鑑定すると言われＤＮＡを採取された。

結局、彼女はその鑑定には応じず、痴漢は男女のでっち上げだと判明。過去にも同じことを繰り返し、示談に持ち込んで金を騙《だま》し取っていた悪質な詐欺だとわかった。

しかし、痴漢が冤罪だと調べるために採取したＤＮＡと泉が現場に残したタバコのフィルターに残っていたＤＮＡが一致したのである。

しかも、あまり態度のよくない泉が無罪だというのが面白くないと思った捜査官が、なんとなくデータ検索にかけて一致したという運の悪さだ。

「腕が悪くて捕まったんじゃねぇんだろうが」

岩谷の言葉に共鳴するように、泉の中の鍵師が声をあげる。

そうだ、腕が悪かったから捕まったんじゃない。天才と言われた自分が、そんなヘマをするはずがない——心の奥で、開けることに取り憑《つ》かれたもう一人の泉が激しく訴える。

「見てみてぇなぁ。お前のその天才的な腕ってのを」

「刑事がそんなこと言っていいのか？」

「俺ははみ出しもんだからな」

煽られている自覚はあった。泉の中に眠る鍵師としての血を、叩き起こそうというのだろう。その手に乗るかと、挑発的な目で自分を見る男から視線を逸《そ》らした。

表情には出していないが、心の中は大いに乱れていた。こんなに揺さぶられるのは久し振りだ。普段はクールだと言われているが、相手が悪い。

犯罪歴を見ただけで、ここまで泉の本心を見抜くとはさすがだ。

「時間がねぇんだとよ。俺もとっととこんな使い走りの仕事を終わらせて、本来の仕事に戻りてぇんだ」

「俺は……金庫なんかに、興味はない」

「そうは見えねぇがな。お前、自分の腕を試したくないか？」

心の奥を見抜く目。裸にされている気がする。

開けてみたいだろう——挑発的な視線に煽られ、衝動が突き上げてきた。

開けてみたい。

本音が零《こぼ》れ、支配されまいと必死で自分を宥《なだ》めるが、岩谷の視線は泉の心の動きをすべて把握しているように見える。負けそうだ。

「お前、試してみてぇだろ？」

もう一度聞かれ、泉は唾《つば》を呑《の》み込んだ。そして岩谷に背中を向けて、なんとか絞り出す。

「うるさい。俺は、金庫なんかには……、興味ないんだよ」

目を見て言えなかったのは、ある意味敗北と同じだった。

今日こそ、あの不良刑事に諦《あきら》めてもらう。

泉は、自分の店に向かって新宿の街を歩いていた。街中の喧騒は今日も相変わらずで、熱帯夜の空気が躰にまとわりつく。肌を露出して歩く若者たちは、何がそんなに楽しいのかと言いたくなるほどテンションが高い。

土曜日の夜ということもあり、道を歩く連中は皆浮き足立っていた。

そんな中、泉はこの上なく不機嫌な顔を晒《さら》している。原因はもちろん、五日前から毎日のように店に通ってくる不良刑事だ。

無精髭の生えた顔を思い出すだけで、眉間に皺が寄る。

どうせ今日もまた来る――そう思うと、いつまでこんなことが続くのかと頭が痛くなった。

今日こそ追い返してやると心に決める。

その時、ふと自分を見ている誰かの視線を感じ、足を止めて振り返った。しかし雑踏の中にそれらしき人物の姿はなく、気のせいかと再び歩き出す。

しかし、泉は五分もしないうちに足を止めた。

(俺を尾行《つ》けてんのか……?)

誰かにつけ狙《ねら》われるようなことをした覚えはないが、いつどこでどんな恨みを買っているかわからない。岩谷がこんな真似《まね》をするとも思えず、にわかに緊張が走る。

(今だ……っ)

泉は路地に入るなり全力で走り、入り組んだ場所を右に左に曲がって自分の店のある方へ向かった。この辺りは泉の店の近くで、自分の庭のようなものだ。どの路地がどの道に繋がっているか、頭の中にちゃんと入っている。

五分ほど走り、この辺りでいいだろうと思った泉は足を止めて自分を追っていた人物の存在を確かめる。しかし、不審な人影も妙な気配もなかった。

(気のせいか……?)

確かに途中までは誰かが自分を追っていたと思っていただけに、手放しに安心はできなかった。だが、これ以上どうすることもできず、予定通り店に向かう。

ビルに入り、エレベーターのボタンを押すとそれが降りてくるのを待った。エレベーターはすぐに降りてきて泉はそれに乗り込んだが、ドアが閉まる直前、男が乗り込んでくる。

「すみません」

男は操作ボタンの前に立ち、泉に背中を向けた。

どこにでもいるラフな格好をした男。メガネと深く被った帽子が印象的で、今見たばかりだというのに顔を覚えていない。

(やばいな……)

泉は、身構えずにはいられなかった。

このビルに入っている店を訪れる客は、若者が多い。格好だけは今時のファッションに身を包んでいるが、どこか違和感がある。

帽子とメガネをしているのは、顔を覚えてもらっては困るからだ。

泉も、窃盗を繰り返していた頃はよく帽子とメガネをしていた。特徴的なものを身につけていれば、顔の造りは記憶に残らない。ホクロを描いたこともある。

そう気づいた時、前に立っていた男がポケットに手を入れたかと思うと振り返り、首に手をかけられた。

「声を出すな。抵抗しなければ乱暴はしない」

「……っ！」

勢いよく壁に押しつけられ、小さく呻《うめ》く。抵抗すると、すごい力で締め上げられて力が入らなくなった。刃物を首に押し当てられて、死を覚悟する。

「騒ぐな。命が惜しければ……、――ぐ……っ」

諦めかけた泉だったが、思いきり股間を蹴《け》り上げて男の手が緩むとすかさず反撃した。狭いエレベーターの中で激しい揉《も》み合いになる。互いの衣服を摑み、相手の躰を壁に打ちつけようと必死だ。

そして、ドアが開くのを見た瞬間、男の足を払って転倒させる。

「う……っ」

男の手から逃れた泉は、いち早く外に逃げ、店に飛び込んだ。ドアを閉める瞬間、男が銃を取り出して筒状の物を銃口の先に取りつけるのが見え、急いで鍵をかける。だが、すぐさま男がドアに飛びついたのが聞こえた。
二、三度体当たりしたが、開けるのは無理だと思ったのか、今度はドアノブに向かって発砲を始めた。先ほど銃に装着したのはサイレンサーだったのだろう。銃声は聞こえないが、弾がドアに当たる音が何度も響く。
それが逆に殺し屋のようなプロを連想させ、より不気味さを感じた。

「……っ」

ドアが長年の友人を招くように歓迎しない客をいとも簡単に店の中に入れると、泉は物陰に身を隠して侵入者の様子を窺《うかが》った。

狭い場所だ。隠れられるなんて思っていない。一分も経たないうちに見つかってしまうだろう。銃を持った人間の前では、誰もが無力だ。

エレベーターの中でそれを使わなかったのは、狭くて発砲できないのと、最終手段として使うつもりだったのだろう。

そして今が、それを使う時なのだ。

(なんで、俺が狙われるんだ……？)

ゆっくりと自分の隠れている場所に近づいてくる足音を聞きながら、今度こそ自分はここで終わるのだと思った。心臓がものすごい勢いで跳ねており、口から飛び出しそうだ。

しかし、泉と男の距離が二メートルほどになった時。

「おい！」

ドアの向こうから声がしたかと思うと、誰かが男に飛びついたような音がして、激しい攻防が聞こえる。ぶつかり合い、周りの物をなぎ倒し、マグカップか何かが割れる音がした。

「うらぁ！」

「ぐぁ……っ」

くぐもった声が聞こえたのを最後に、辺りは静まり返る。恐る恐る顔を出すと、岩谷が駆けつけてくる。

「おい、大丈夫か！」

いつもは邪魔な存在だが、今は救世主に見えた。

「何がどうなってるんだ？」

「知るか！　とにかく来い。ここは危険だ」

「――っ！」

気を失った男から銃を奪った岩谷に店の外へ連れ出され、戸惑いながらもついていく。岩谷はエレベーターを使わず非常階段の方に向かうが、下から駆け上ってくる足音と男たちの声が聞こえてきて、上へと向かった。

屋上なんかに逃げ込めば、袋の鼠《ねずみ》だ。

「なんで上に行くんだよっ」

「仕方ねぇだろう。成り行きだ」

二人は、階段を駆け上った。屋上に続くドアは施錠されていたが、岩谷が鍵を壊して屋上に出る。店を構えたのが年代物のビルでよかったと、三年前にこの物件で契約した自分に感謝するが、それも一時しのぎでしかない。

ここからどうやって脱出すればいいのか。

「こっちだ！」

「どうして俺が命を狙われるんだ。しかもどうしてあんたが俺を助けに来るんだ」

「黙ってろ！」

二人は物陰に隠れ、屋上の出入口を窺った。銃を手に出てきたのは、二人。いや、三人だ。息を殺して様子を窺っていると、岩谷のポケットの中で携帯が鳴る。

最悪のタイミングだ。

男たちがそれに気づいて発砲し、岩谷も応戦した。一人の脚に当たったようで、呻きながらコンクリートの上にうずくまった。

しかしあと二人残っている。

「俺だ。今、追われてる。それどころじゃねぇんだ。応援をよこしてくれ！」

岩谷は携帯を開いて怒鳴りつけるように言い、すぐに電話を切ってポケットに戻した。しかし、空気の読めないそれは、再び電話に出ろと訴え始める。

「おい、電話鳴ってるぞ！」

「お前が取れ！」

キン、と音を立て、泉のすぐ近くでコンクリートが弾《はじ》けた。仕方なく、撃ち合いをしている岩谷の代わりにポケットに手を伸ばして携帯を開く。

「もしもしっ！」

『あれ？　岩谷の電話だよね？　いきなり電話を切るなよ』

のほほんとした口調の男だった。こんな時に……、と思うが、この状況を知らないのなら仕方がないと、言いかけた言葉を呑み込む。

「警察を呼んでくれ。銃を持った男たちに追われてるんだ。場所は……」

『あ、僕が警察。はじめまして。泉君だね』

今「銃を持った男たちに追われてる」と言ったはずなんだが……、と思い、男の態度に混乱した。電話口で慌てられても面倒だが、本当に泉たちが銃撃戦の中にいることをわかっているのだろうかと思う。

「あんた誰だ？」

『警視庁の庄野《しょうの》です。今回の件で特設された『サイバーテロ対策課』の副主任をやってるんだけど、スピーカーフォンにしてくれる？』

こんな時に何を悠長に構えているんだろうかと思うが、ここで怒っても状況は変わらないと、言われた通りスピーカーフォンにして岩谷にも聞こえるようにする。

『お～い、岩谷。大丈夫か～？』

「今それどころじゃねぇっつってんだろうが！」

叫びながら言う岩谷も、この緊迫した場面にそぐわない声の持ち主に苛立《いらだ》っているようだ。

『今、応援を向かわせた。だが間に合わないかもしれない。なんとか切り抜けてくれ』

「簡単に言うなよ」

『それから、お前の任務は今から変更された。泉正樹君を説得して連れてくるのに加えて、そのボディガードもだ』

「言われなくてもやってんだよ！　それより、これはどういうことだ？　ただの雑用じゃなかったのか！」

『詳しいことはまた後で話すけど、とにかく、そいつらの狙いは泉君だ。情報が漏れたらしい。俺たち警察が、あの金庫を泉君に開けてもらおうとしてるのがバレてる。何がなんでも泉君を護《まも》ってくれ』

この状況下で淡々と命令しているのを聞くと、自分が本当に銃撃戦の中にいるのかと疑いたくなるが、近くでまたコンクリートが弾け、命を狙われていることを嫌でも思い知らされる。

「庄野。てめぇ、これが終わったら絶対に奢《おご》らせるからな！」

『わかってるよ。それから泉君』

「え？」

『心配しなくても大丈夫。そいつが君を護ってくれるから。無事に本庁まで来るんだよ』

その言葉を残して、電話は切れた。最後は真面目《まじめ》な声で言われ、少しだけ落ち着きを取り戻す。相手から奪った銃だけで応戦している岩谷の姿を見ると、確かに頼り甲斐があるように見えた。

悪党を前にすると、目の色が変わる。その辺の真面目な刑事よりは、骨がありそうだ。

「泉。飛ぶぞ」

「え……、飛ぶって」

「弾切れだ。飛ぶしかねぇんだよ」

いきなり何を言い出すのかと思うが、岩谷は本気だという顔で銃を投げ捨てる。

「向かいのビルだ。俺が合図するのと同時に、飛び移れ」

「隣って……無理だ。八階建てのビルだぞ」

「無理なら死ぬだけだ」

「飛べるわけないだろう！」

泉は冗談じゃないと声を荒らげた。スポーツは苦手ではなかったが、今自分の身体能力がどのくらいかなんてわからない。刑務所にいた時には強制的に運動をさせられたが、あそこを出てからもう随分経つ。

建物が密集して幅が狭くなっているとはいえ、自分の能力も把握できていないのにいきなりビルからビルに飛び移れなんて、あまりに無謀だ。

「落ちたら死ぬって」

「落ちねぇようにしろよっ。——今だ！」

むんずと肩の辺りを摑まれ、無理やり走らされた。しかも、銃弾がすぐ側《そば》を掠《かす》める中だ。

滅茶苦茶《めちゃくちゃ》だが、この場面で他に選択肢がないのももうわかっていた。

「死んだら化けて出てやるからな！」

「安心しろ。その時は俺もあの世だ！」

一か八かだと腹を据え、躊躇《ちゅうちょ》するより少しでも勢いをつけようと全力で走る。そして次の瞬間、二人は跳んだ。

2

泉は疲れを隠し切れず、丸椅子に座ってぼんやりとしていた。

辛《かろ》うじて隣のビルに飛び移ることができた泉たちは非常階段から下へ降り、無事脱出した。しかし、交番に向かおうとした二人を別の二人組が追いかけてきて、それどころではなくなる。

なんとか男たちをまいた後、岩谷はGPS機能のついた泉の携帯を路駐してあったトラックの荷台に放り込み、いったん体勢を立て直すと言って知人の男のところへ転がり込んだ。当然泉もそこへ一時的に身を隠すことになる。

そこは泉の店から走って十五分ほどのところにある古いビルで、今にも倒壊しそうな外観をしていた。中も負けず劣らずといった感じで、打ちっぱなしのコンクリートで囲まれた場所は湿気が籠《こ》もっており、むんとした空気が充満している。

さらに強烈だったのは、岩谷が叩いたドアの向こうの光景だ。

「よぉ。ちょっと借りるぞ」

「岩谷さん……」

　出てきたのは、体重百キロはあるだろうという男で、ワンレングスの黒髪を腰まで垂らしていた。軽く癖のある黒髪はべたついており、顔にかかった髪の間から覗《のぞ》く目はどんよりとしている。

「おい、泉。早くお前も入れ」

　岩谷は、返事を聞くのもそこそこに部屋に上がり込んだ。

　男は迷惑そうな顔をしたが、文句は言わずに泉が入るのを待ってからドアを閉める。

（すごいな……）

　部屋は薄暗く、女の子のキャラクターのフィギュアがずらりと並んでいた。短いスカートを穿いた戦士やメイドなどバラエティに豊んでおり、絵に描いたようなオタクの部屋だ。

　男は抵抗しても無駄だと諦めているのか、二人が部屋に入るとまるでそこに自分以外の人間がいないという態度でパソコンに向かう。ときどきキーボードを叩きながら独り言を漏らしているが、岩谷は慣れているのか気にする様子はなく、勝手にキッチンを漁《あさ》ってクラッカーを二袋持ってきた。

　一つは泉に投げてよこし、もう一つは自分が開ける。

「思ったより大事なのかもしれねぇな」

「大事って？」

「俺の仕事は、元鍵師のお前を説得して本庁に連れていくことだった。ただの使い走りだったんだよ。誰でもできる仕事だった。だけど今日、説得なんて二の次でいいから、首に縄ぁくくりつけてもお前を連れてこいと言われた」

「そのつもりで来たのか?」

「ああ。お前一人拉致《らち》するくらい、朝飯前だからな。これで俺も晴れて自分の仕事に戻れる」

どこまで横暴なんだと、泉は嘆きたくなった。しかし、あの場から逃げることができたのは、迎えに来たのが岩谷だったからかもしれない。

ビルからビルに飛び移ろうなんて考える刑事は、そういないだろう。

「だが、いざ来てみりゃ銃を持った男がお前を狙って店に侵入してやがるし、今度はボディガードをしろときた。金庫を開けられたくない奴らが、お前を殺そうとしてるってことだ。中の物が、俺が思っていたより重要だってことだよ」

本庁から命じられた雑用仕事にはやる気を見せなかった不良刑事だが、今は真剣な目をしている。それだけに、自分が置かれている状況が悪いと思い知らされた。

岩谷のような男が、こんな顔をしなければならないほど、事態は悪いのだ。

その金庫の中には、いったい何が入っているのか――。

「あんた、どうして金庫を開ける必要があるのか知らないのか?」

「俺ら所轄は使い走りだっつっただろうが。中身については極秘事項なんだと。しかし、妙だな」

「妙って?」

「お前のことは公にはなってない。それなのに情報が漏れてる。しかも、かなり早い」

それは、内通者が警察の中にいる可能性があるということだ。そのくらい、言われなくても泉にもわかる。

「こうなったら、金庫を開けねぇとお前も命がないぞ」

「俺には関係ない」

「関係ないで済まねぇことくらい、わかるだろうが。今のところ、あの金庫を開けられそうなのはお前だけだ。俺も知らされてない何かがまだあるみてぇだが、かなり重要なものが保管されてる」

泉は、頭を抱えた。

金庫を開ける気なんてないのに、開けて欲しくない誰かが自分を狙って殺しにやってくるのだ。

「なんでだよ。俺は金庫を開けるとは言ってないのに」

「じゃあ、さっきの連中にそう言ってやれ」

泉は、何も言えなかった。

金庫を開ける気はないなんて言っても通じる相手ではないのは、わかっている。殺人現場を目撃した人間が、誰にも言わないから助けてくれと犯人に訴えるのと同じだ。

その言葉を信じて許してやるような馬鹿は、どこにもいない。

開けられる技術を持っているというだけで、泉はターゲットなのだ。それがどんな理不尽なことだったとしても、現実は変わらない。

深々と溜め息をつき、椅子に座ったまま深く項垂《うなだ》れる。

先ほどは救世主だった岩谷が、今度は疫病神に見えてきた。使い走りに言っても仕方がないが、岩谷が店に来てからというものろくなことがない。その責任がないとしても、泉の心には岩谷と自分に降りかかる不運は切っても切り離せないものとなっていた。

いったん刷り込まれてしまったものは、そう簡単には消せない。

その時、再び岩谷のポケットで携帯が鳴った。

「おう、なんとか逃げたぞ。そっちはどうだ？」

電話は、先ほども連絡してきた庄野という本庁の刑事だろう。のほほんとした口調を思い出して、現場にいない人間は呑気《のんき》なものだと羨ましく思いながら電話が終わるのをじっと待つ。

大事になっているというのは当たっていたようで、携帯で話をする岩谷の顔は真剣そのものだった。目つきは鋭く、まるで獲物を狩る大鷹《おおたか》のような印象を受ける。

飛び抜けた視力と大きな爪《つめ》を持つ狩りのプロは、五分ほど話した後、携帯を閉じて難しい顔で頭を掻《か》いた。

「なんだって？」

「あいつ、大勢の命に関わる物なんて言い出しやがった。いち早くそれを取り出す必要があるんだと。しかも、あと二十日《はつか》ほどしか猶予がないらしい。……ったく、タイムリミットがあるなら最初から言っとけ、あの馬鹿野郎が」

「大勢の命に関わる物ってなんだよ？」

「さぁな。あいつも本庁で難しい立場だ。詳しいことは言えねぇんだろ。それより、身内から情報が漏れた可能性があるな。お前を警視庁に連れていく予定だったが、直接現場に向かうことになった」

「現場って？」

「少し遠いぞ。大川吉衛門の故郷で北陸の方だ。展覧会があった博物館の倉庫に保管して、厳重に警備されてる」

「パトカーにここまで来てもらって、送り届けてもらえばいいじゃないか」

「どこから情報が漏れたかわからないんだぞ。そんなことをしたら、さっきの奴らが警察官に扮して押し寄せてくる可能性もある。途中で襲撃される可能性もな。応援を呼べば、それだけ危険が増すってことだ」

刑事がここにいるのに警察を頼れないなんて、どういう状況なんだとただただ嘆きたくなった。もう、怒る気にもなれない。

「大丈夫だよ。こういう荒事なら得意だ。俺がお前を現場まで連れていく」

「ここまで来るのもやっとだったのに、本当に辿り着けるのか?」

「信頼できる奴は何人かいる。幸い、この件を担当するチームに庄野も加わっているしな。何かわかれば俺に連絡をくれるよ。本庁の人間だが、あいつは俺の大学時代からの友人だ。信用できる」

「お前は信用できるのか?」

「アホか。俺があいつらの仲間なら、とっくに殺してるよ」

確かにそうだ。

馬鹿なことを口にしたと、反省する。これでは八つ当たりだ。精神的に余裕を失っている証拠だ。

銃を持った男たちに追われたことを考えると当然とも言えるが、これから先、自分の命を狙う男たちから逃げ、目的の場所まで行かなければならないことを考えると、もっと冷静になるべきだと自分に言い聞かせる。

「おい、パソコン貸せ」

この部屋の持ち主の存在を忘れていた泉は、パソコンの前にじっと座っていた男に目をやった。決して視界に入っていなかったわけではないのに、今の今まで忘れていた。見た目も強烈なのに周りの風景と一体化するほど存在感がないのは、男の心が現実にないからなのかもしれない。

仮想空間にいる時だけが幸せという人間は、増えている。それなのに、自分の大事な部屋を占領されてさぞ迷惑だろうと思う。

「すぐ終わるよ」

横暴な男だと思いながら見ていると、岩谷はどこかへ電話をし、一方的に何か指示した。そしてパソコンの画面を切り替え、パソコンの近くに設置しているカメラとマイクをチェックする。

しばらく操作したあとモニターに映し出されたのは、パソコンのライブ映像だ。スーツを着た二十歳過ぎの若い男が画面に現れる。目はパッチリとした二重で、アイドルのような可愛い顔をしていた。

『あ、先輩〜。どこで何やってんですか〜?』

岩谷を先輩と呼んでいるところから、同じ署の後輩だと推測できた。後ろの風景からすると、場所はどうやら警察署のようだ。見た目は大学を出たばかりという感じだが、刑事ならもう少し上だろう。

「中村《なかむら》ぁ、今誰かそこにいるか?」

『いえ、俺一人ですけど』

「誰にも聞かれるなよ。村山《むらやま》さんも呼んでくれ」

中村と呼ばれた男はすぐさま画面から消えたが、ほどなくして戻ってくる。

『呼んできましたよ～』

『おう、岩谷か～？』

先ほどの青年と一緒に、初老の刑事が画面に入り込んできて手を振った。

パソコンのモニターを覗いているようで、視線が合わない。中村が「こっちですって」と言うと、ようやくカメラの方に視線を向け、モニターとカメラを交互に見ながら話しかけてくる。

『ったく、いつまで本庁の雑用やってるんだ？　早く帰って仕事しろ～』

初老の刑事はそう言って大福をほおばった。左手には湯呑みが握られており、それをぐびっと飲んでみせる。

岩谷がこれまでの事情を話すと、二人は顔を見合わせてゲラゲラと笑い始めた。

『まったまた～。ちょっと雑用言いつけられただけだったじゃないですか～』

『サボる口実とはいえ、よくそんなとんでもない嘘を思いつくもんだなぁ』

『もうちょっとまともな言い訳を考えて欲しいですよね～』

『まったくだ』

二人は、岩谷の言葉をまったく本気にしていない。日頃の行いがどんなか想像できた。

「本当だ。村山さんまで勘弁してくれ。それより二人ともこれを見てくれ。――おい」

呼ばれて近づくと、頭をむんずと掴まれてカメラの方に顔を向けられる。

「これが今話した鍵師の泉正樹だ。顔、ちゃんと覚えといてくれ」

『お〜、なかなかの優男だなぁ』

『とうとう男に目覚めたんですか？　モテますもんね〜。あ〜あ、先輩は一生ヘテロだと思ってたのに……。で？　今度は何をしようとしてるんです？』

「今回はいつもとは違うんだよ」

『本当ですか〜？　先輩はいつも適当なこと言ってすぐ単独行動を取るんだから』

『だよなぁ』

能天気な二人組を見て、絶望的な気分になった。岩谷の信用できる相手がこれかと思うと、とても安心などできない。

のほほんとした口調の警視庁の男と、モニターの前で能天気に笑っている歳の差コンビ。どう考えても頼りになるとは思えない。

しかし、岩谷はモニターの前で騒いでいる二人など気にもせず、耳元で低く言った。

「お前も二人の顔を覚えておけ。俺に何かあった時、この二人が俺の代わりにお前を護ってくれるから」

岩谷の言葉の重みに、ドキリとした。

俺に何かあった時——それは、岩谷が大ケガをしたり死んだりした時のことだろう。緊張感のないやりとりの中に、自分の置かれた状況を思い出させる言葉を囁かれ、身が引き締まる思いがした。

岩谷を見たが、既に視線はモニターの方に向いている。

「庄野の写真をこいつに見せたいんだが、あいつがうちの署に来た時に、署長がムリやりツーショットで撮ったのがあっただろう?」

『あー、多分署長の部屋だな。ちょっと待ってろ。こっそり取ってくるから』

村山はそう言って、いったん画面から姿を消した。

「なぁ、中村」

『なんです?』

「本庁に特設されたサイバーテロ対策課ってのがある。そこで極秘に行われてる捜査があるはずだ。本庁のパソコンに侵入して調べられないか?」

『ん〜、やれないことはないと思いますけど。本庁のことなら、庄野さんに聞いた方が早いんじゃないですか?』

「あいつも上の人間と俺らの間で板挟みなんだよ。中にいる方が動きにくいし、こっちで勝手に調べた方がいい」

『了解です。ところでどっからアクセスしてるんです？　先輩ずるいですよ。自分ば〜っかり特別な人脈持ってて。あ、村山さん。ありました？』

再び初老の刑事が画面に現れると、一枚のスナップ写真を持ってきた。そこには署長らしき制服の中年男性と若いスーツ姿の男が写っている。

「こっちがさっき電話してきた庄野だ」

甘いマスクをしたかなりの男前だった。日本人離れした顔立ちをしており、育ちのよさそうな雰囲気を漂わせている。刑事というより、ヨーロッパの国の皇太子といった方がしっくりくる。

「覚えたか？」

「ああ」

「もういいぞ。それから車を一台用意してくれ」

『車ですか？』

「ああ。また後で連絡するから、俺の指定する場所に持ってきて欲しい。じゃあな」

そう言って、岩谷は通信を切った。

「とにかく、今日は躰を休めるぞ。おい、風呂借りるから、コンビニに行って買い物をしてきれくれ」

部屋の持ち主は、嫌そうな顔をしながらも岩谷から金を受け取った。いいように使われて

いる男に「ご愁傷さま……」と心の中で言い、丸くて大きな背中を見送る。

「ここに泊まるのか?」

どう見ても、男三人が十分に寝られるスペースはなかった。しかも、先ほどから靴下がなんとなくべとべとしている。長年の汚れがたまっているのだろう。

衛生的にも不安で、遠慮したいところだ。

「贅沢《ぜいたく》言うな。外じゃないだけありがたいと思え」

確かに岩谷の言う通りだと、覚悟を決める。まだ実感はないが、自分は逃亡生活に入ったのだ。命を狙われている。

そう思い、もう一度先ほど岩谷が言った言葉を繰り返した。

俺に何かあった時――。

殺しても死にそうにない男に言われると少しずつ実感が湧いてきて、泉は今さらのごとく銃を持って乗り込んできた男たちに対する恐怖を感じた。

シャワーを浴びて人心地《ひとごこち》ついた泉は、買ってきてもらった下着を身につけ、物で溢《あふ》れ返る部屋に戻った。今夜は岩谷と同じ部屋で寝なければならず、少々うんざりするが、同じベッドでないだけありがたいと思うことにする。

岩谷は、泉が風呂から出るとすぐに入れ替わりに風呂場に向かい、五分で出てきた。

カラスの行水だ。

「おい、なんか飲むか?」

パンツ一枚というだらしない格好のまま小さな冷蔵庫を開け、手にビールを持って聞いてくる。こんな時に……、と思うが、こんな時だからこそ飲みたい気もして、泉も遠慮なく貰《もら》うことにした。

プルタブを引き開けると、プシュ、といい音がする。勢いよく流し込み、喉《のど》でそれを味わうとタバコに火をつけた。旨《うま》い。

冷えた缶はすぐに汗をかき始め、シャツで濡《ぬ》れた手を拭《ぬぐ》ってからタバコを指で挟んで近くにあった灰皿に灰を落とした。

頭を空っぽにすると、疲れが癒《い》えてくるのがわかる。

時間はすでに夜の十一時を過ぎており、岩谷はテレビをつけるとスポーツニュースにチャンネルを合わせた。スポーツになど興味のない泉には面白くもなんともない番組だが、この男と二人で静かな部屋にいるよりはマシだと思うことにする。

「なぁ」

「なんだよ？」

テレビに目を向けたまま声をかけられ、まさか話しかけられると思っていなかった泉は少し焦った。旨そうにタバコを吸う岩谷の横顔をじっと見る。

「お前、どうしてタトゥなんか彫ってるんだ？　せっかく技術を持ってるってのに、鍵屋をやらないのはなぜだ？　イイ腕なんだろうが」

泉は、すぐには答えなかった。

まさか自分のことを聞かれるとは思っていなかったのだ。この男の興味の対象は、悪党を叩きのめすことくらいだ。それなのに、いきなりどうしたんだと不思議に思う。そして、答えるつもりもなかったのに、つい本音を零してしまっていた。

「また、開けたくなるからだよ」

言いながら、刑事なんかと馴《な》れ合いになりたくないのにどうして……、と自問する。

「また開けたくなる？　だったらまた開けりゃいいじゃねぇか」

岩谷らしい言葉に、思わず口許を緩めた。

「そんなに簡単じゃないんだよ」

それがあたかも口の滑りをよくする薬のように、泉はもう一口ビールを飲み、ポツリポツリと自分のことを話し始めた。

祖父は、自分から受け継いだ技術を悪いことに使ってはならないと、子供の頃から泉に言い聞かせていた。悪いことに使うために教えたんじゃないというのが、口癖だった。

泉ももちろん、その教えを守ってきた。自分の腕を悪用しないというのが、鍵職人のプライドでもあったのだ。そんな泉が刑務所に送られるほど犯罪を重ねてしまうようになったのには、それなりの理由がある。

祖父がアルツハイマーだとわかったのは、高校生の頃だ。両親を早くに亡くした泉にとって、親代わりの祖父の異変はショックだった。

はじめはちょっとした物忘れ程度だったが、それは次第に無視できないものになっていく。今しようとしたことが思い出せなくなり、今したことすら忘れることも増えていき、日常生活に支障を来すようになるまで時間はそう必要でなかった。

仕事に行くどころか、道に迷うことも多くなった。ちょっと散歩に行くと言って帰ってこなくなった時から急速に症状は悪化し、手のつけられない状態になるまであっという間だった。

家の中ですら迷子になる。トイレの場所がわからない。食事を取ったことも忘れ、一日に何度も冷蔵庫を覗くようになり、性格も変わっていった。怒りっぽくなり、優しかった祖父はギスギスした性格になり、泉にとっては祖父の皮を被った他人になっていった。

努力はしたつもりだ。なるべく自分のことは自分でさせ、少しでも現状を保てるように心がけた。しかし、そんなことでなんとかなるものではない。

大好きだった祖父が自分を見て、泥棒だとわめくのを見た時のショックはいまだに忘れられない。高校生だった泉にとって、育ててくれた祖父の変化に心はついていけなかった。

幸い、祖父が泉のためにと蓄えた学費があったおかげで、大学には進学せずに専用の施設に入居させてもらうことになった。未成年の泉の他に誰も身内がいなかったため優先的に入居できたのだろう。

けれども、その時すでに泉の心はボロボロだった。

唯一の家族を失ったのと同じだ。目の前にいるのに、自分が大好きだった祖父はどこにもいないのだ。痴呆症の老人を介護するのは、大人でも容易にできることではない。

毎日他人へと変わっていく祖父を見ながら身の回りの世話をしていた泉が現実を受け止めるには、まだ若すぎた。

大事な家族であり、偉大な指導者を失った泉は、祖父の症状が悪化するのにつれ現実から逃れようとするかのように窃盗を働くようになっていたのだ。

難しければ難しいほど、燃えた。危険な場面に遭遇すれば、それだけ血が沸き立った。

そうやってスリルを味わうことで、心の空洞をなんとか埋めたかったのかもしれない。

そして、いつの間にか自分の腕に酔いしれ、まるでドラッグに溺れたジャンキーのように、スリルを手放せなくなっていった。

気がついた時には手遅れで、泉は別の事件をきっかけに逮捕されるまで、間違いを重ねてきたのである。

「……なるほどね。だから、金庫を開けたくねぇってつってたのか」

「あれは麻薬だ」

「麻薬ね」

「そうだよ。あんたにはわからないだろうが、あの快感は麻薬と同じなんだよ。刑務所から出てしばらくは、自分を抑えるのが大変だった。今だって、また逆戻りするかもしれないと思うと、正直怖いよ」

「だから、二度と金庫破りはしないって決めてんのか？」

「ああ、そうだ。それでも俺を連れていくか？」

泉は、挑むような目を岩谷に向けた。

いきなり泉の前に現れ、本人の言い分など聞かずに金庫を開けろだなんて言ってきた刑事に、自分たちがどれほど身勝手なのかわからせたかった。

泉にとって鍵師としての仕事をすることがどういうことなのか知っても、仕事をさせるのかと挑発的な気分になる。

殊勝な態度で「悪かった」と言う岩谷を想像し、少しだけ気分が晴れた。

しかし、次に岩谷の口から出たのは予想外の言葉だ。

「甘ったれんな」

「……っ」

泉は、自分の耳を疑った。しかし、泉を見る岩谷の目が、今のが聞き違いでないと訴えている。

「お前が金庫を開けねぇと、何が起こるかわからねぇんだ。大勢の人間が死ぬことになるかもしれないんだぞ。奴らの目的が何かはっきりしない今、金庫を開けてそこに隠されている物を確かめる必要があるんだ」

「そのためなら、俺はどうでもいいってことか？」

「そうは言ってない。だが、お前の心の平穏と大勢の命を天秤にかけたら、まず護るべきなのは命ってことだよ」

ここまではっきり言われると、何も言い返せなかった。確かに大勢の人間の命が危険に晒されているのならば、甘いことは言っていられないというのもわかる。

それにしても、容赦ない男だと思った。

すると、泉の心中を察したように岩谷はニヤリと笑う。

「それとも、可哀相《かわいそう》にって言われながら、俺に優しく肩でも抱いて欲しかったか？」

からかわれ、心臓が小さく跳ねた。

こういう挑発は泉の得意とするところだが、まんまと十八番《おはこ》を取られた形となる。

自信家なのか、岩谷の笑みには余裕があり、男っぽい色香に溢れた表情に泉は調子を狂わされていた。しかも、今まで気にならなかった肉体美に目が行き、その高鳴りは次第に大きくなっていく。

引き締まった二の腕や背中の筋肉。浅黒く日焼けした肌。

望んだからといって誰もが手に入れられるわけではない。生まれ持った者だけの特権のようなものだ。

振りまかれる牡のフェロモンに、反応せずにはいられない。

「なんだ、図星か」

「誰がお前なんかに……」

「遠慮するな。なんなら抱いてやってもいいぞ～」

ガチガチのヘテロのくせに、よく言う──泉は心の中で反論したが、それを言うと初めて会った日のようにいきなりズボンに手をかけられそうで、出かかった言葉を呑み込んだ。

「あんたが相手だなんて冗談じゃない」

強く言ってやったが、ふ、と笑みを漏らしたのを見て、また心臓がトクリとなった。こんなに色気のある男だっただろうかと、とんでもない思いが一瞬脳裏をよぎり、ますます混乱していく。

自分を初めて抱いた男に似ているから、少し混乱しているだけだ──そう思い込もうとするが、刑務所の中で幾度となく自分を気持ちよくしてくれたヤクザと似ているからか、岩谷が自分を抱くところをリアルに想像してしまい、状況は悪化した。

だが、そんな泉とは対照的に、落ち着き払った岩谷はビールの空き缶を握りつぶしてテーブルに置く。

「そろそろ寝るぞ～」

テレビを消してソファーに寝そべった岩谷は、五分もしないうちに鼾《いびき》をかき始めるのだった。


中村が二人のために用意した車は、コインパーキングの指定の場所に停《と》めてあった。鍵は車のバンパーの裏だ。

岩谷は手探りでそれを探し当てると、財布を渡して駐車料金を払ってくるよう泉に言い、自分はさっさと運転席に乗り込んだ。清算機に小銭を投入するくらいなんてことないが、偉そうに命令されると癇《かん》に障る。

つい、自分の置かれた状況を忘れて、わざとゆっくりと小銭を入れてから車に乗り込んだ。

「遅ぇぞ」

「すみませんね～」

反抗的な態度を取るが、岩谷がそんなことを気にするはずもなく、かえって自分の子供っぽさを露呈させられた気がした。しかも、岩谷はただ横柄な態度の刑事ではなく、やることはきっちりやる男のようだ。

どうやら泉が寝ている間にいろいろと仕事を済ませていたらしく、ポケットの中から折り畳《たた》んだ紙を出し、投げてよこした。

「ほら、これを見とけ。お前も一応覚えておけよ」

「なんだ?」

「現場までのルートだ」

それは、プリントアウトされた地図だった。

「あれからな、いろいろわかったんだよ」

「いろいろって?」

岩谷は、泉を一瞥《いちべつ》してからタバコに火をつけた。旨そうに深く煙を吸い込んでから窓を開け、煙を外へ逃がす。指先はささくれており、ケガの痕《あと》もある。

無骨な手だった。

「この前の大停電が、テログループの仕業だって噂があるのは知ってるか?」

「若い連中が騒いでたやつだろ? 知ってるけど、あんなのデタラメだろ? まさかあんた、信じてるのか?」

岩谷は答えなかったが、前を見ているその顔は泉の言葉を肯定していた。都市伝説を信じるようなタイプではないだけに、にわかに真実味を帯びてくる。

「まんざら嘘でもないかもしれないんだ。公安も動いてる」

岩谷は、中村から仕入れた情報を話し始めた。

インフラ制御システム(SCADA=Supervisory Contorl And Date Acquision)がコンピューターウィルスに感染し、電気や水道のシステムが正常に作動しなくなるなどの不具合が起きたことは誰もが知っている。それに加え、銀行のシステム停止によりマネーロンダリングが行われて大量の資金がテログループに流れた可能性も出てきたというのだ。

現在捜査中だが、これらのことがすべてテロの可能性があると警戒している。

「『ガーディアン』と名乗ってる組織があるのを知ってるか?」

「ああ、聞いたことはあるよ」

「はじめはな、自然保護のNPO法人にいたメンバーだったらしい。エコ運動なんかにも力を入れて環境保護活動をやってたんだが、その中の一部が分裂して『ガーディアン』という組織を作ったんだよ」

「それで?」

「そいつらは生温《なまぬる》いやり方に満足できなくて、力で訴えるようになった」

岩谷は顔をしかめながら煙を吸い込むと、咥《くわ》えたタバコを指で挟んで紫煙をくゆらせた。そして、短くなったタバコを灰皿の中に放り込む。

「いわゆる過激派ってやつか」

「そうだ。自らテロリストを名乗ってはいないが、やってることはテロ行為そのものだ。警察でもテロ集団として扱われている」

組織が大きくなると、一部の人間が本来の目的から逸脱して過激な行為に走るなんてよくある話だ。これまでもそういった経緯で生まれた組織はある。

武力を行使する過激派は、どの組織にも潜在的に存在している。

「この前の大停電が、そいつらの仕業だってのか？」

「ああ。あいつらにとっては、発達しすぎた文明が悪なんだよ。夜のネオンなんて諸悪の根源だ。喰い物を大量に生産して大量に捨てるような今の社会が許せないんだろうな」

確かに、その言い分もわからないではなかった。

不況だ不況だと言われている今ですら、毎日のようにものすごい量の物が消費され、捨てられている。

最近は資源を大切にしようなんてよく言われるようになったが、所詮《しよせん》ただのブームにすぎない。買い物をすれば、使いもしないエコバックがおまけについてきて、どこかで多くの電気を使ったイベントが行われ、そのうちゴミ箱に行くだろうステッカーなどのグッズが配られている。

　また、エコを名目に家電や車の買い替えも推進されている。

　いらなくなった物は、いったいどこに行くのだろうか。発展途上国で、また大量の電気を喰いながらCO2の排出に貢献しているのかもしれない。

「でも、今回のこととなんの関係があるんだ？」

　泉には、まったくわからなかった。

　刑事が金庫を開けろとやってきて、人の店で好き勝手にくつろぎ、突然知らない男たちに命を狙われたかと思えば、金庫の中には大勢の命に関わる物が入っていると言われてあれよあれよという間に逃亡生活だ。

　考えをまとめようとしても、まとまらない。

「金庫の中に情報を隠した奴ってのが、『ガーディアン』を抜けた人物だってことだ。重要な情報を持ち出して、自首しようとした。自分の罪を軽減するのを条件にな」

「日本には司法取引なんてないだろ？」

「表向きはな。だが、ひっそりと行われてるって話もある。俺らも日頃から情報を得るために、多少の見逃しくらいはやってる。それが組織レベルで行われていたって不思議じゃない」

　話が大きすぎて、現実感が湧かない。昨日のことなのに、銃を持った男たちに追いかけられたことも、夢だったんじゃないかとすら思い始めているのだ。

テロだのエコだの、何がなんだかさっぱりといった感じだ。

「そいつは、保護される前に追いかけてきた仲間に撃ち殺されたんだが、死ぬ寸前に約一ヶ月後に『ガーディアン』が大量殺人のようなことを計画していると仄《ほの》めかしやがったらしい」

「大量殺人って、なんだよ？」

「さぁな。計画実行の日もターゲットも言わずに死んでいったらしいからな。男と直接連絡を取った刑事は、計画の詳細を渡すと言われていた。中に隠されたデータに計画が記されている可能性が大きい。それなら、お前が狙われるのも納得がいく。あいつらは、金庫を開けてもらっちゃ困るんだよ」

「だったら、計画を変更すればいいだけの話じゃないのか？　実行日を早くするとか、ターゲットを変えるとか、いくらでも方法はあるだろ？　俺ならそうする」

「事情はよくわかんねぇが、それができないから、あいつらはお前を狙ってるんだろう」

溜め息を漏らさずにはいられない状況だった。

いつどこで誰を殺そうとしているかわからない計画を阻止しなければならないのだ。それを知るには、泉の腕が必要だ。

（気が重いよ……）

その時、岩谷の携帯が鳴った。相手はおそらく、甘いマスクをした岩谷の友人だろう。電話に出るよう命令され、仕方なく手に取る。

『あ、もしもし？　岩谷〜？』

やはり、電話をかけてきたのは能天気な声の警視庁の刑事だった。命を狙われている相手に向かって、もう少し違う言い方はないものなのかと言いたくなる。

しかし同時に、この緊張感のなさが救いになっているのも事実だ。ずっと張りつめている方が、もたないのかもしれない。

「今運転中だけど？」

「面倒だ。スピーカーフォンにしろ。お前もあいつの話を聞いておけ」

泉は言われた通りにして、聞こえやすいよう軽く掲げた。

『移動は始めたかい？』

「ああ、今のところ順調だ。そっちは？」

『内通者はまだ特定できてない。お前が現場に泉君を連れてくるまでに、なんとかして炙《あぶ》り出すつもりだ。だけど、もしそれまでに見つからなかったら、少しの間身を隠してもらうことになるかもしれない。慎重に運びたいんだ』

「わかってるよ」

『そうならないよう、内通者の特定を急ぐよ。お前たちを襲ったのは『ガーディアン』の連中に間違いない。公安と連携して、そちらの捜査も始めてる』

「ああ。わかった」

電話はあっさりと終わり、拍子抜けする。何か新しい情報でもあるのかと思ったが、これでは先が思いやられる。

「何不安そうな顔してるんだ?」

「別に……」

「大丈夫だよ。一度奴らをまいたんだ。今、俺たちがどこにいるかなんて、奴らにはわからない。こうして街中を走ってるぶんには安全だ」

岩谷の言う通り、泉たちを尾行けてくる怪しげな車があるでもなく、昨日のことが嘘のように平和な時間が過ぎていった。移動を始めて三時間ほどすると緊張感も薄れてきて、泉は助手席に座ったままでいることに苦痛を感じ始めていた。

座りっぱなしのため、尻も痛い。

「なぁ、腹減った」

「もう少し待ってろ」

「現場に到着する前に餓死するよ」

岩谷を困らせたくて、わざと我儘《わがまま》なことを言ってやる。すべて岩谷の責任ではないが、平和な日常を送っていた泉からそれを奪ったのだ。厄介なことに巻き込んでくれたおかげで、こんな不自由な逃亡生活を強いられている。

　このくらいの我儘は言ってやりたい。

「もう少し待ってろ」

「待てない」

　岩谷は泉を見ると、呆れた顔をしてみせた。泉の意図はわかっているに違いない。しかし、意外にも「わかったよ」と言って素直な姿勢を見せる。十分ほど行ったところでハンバーガー店の看板を見つけた岩谷は、車をドライブスルーに滑り込ませた。

「まさか車の中で喰うのか？」

「ああ。今は少しでも先に進んでおきたいんだよ。嫌なら喰うな。ほら、何がいい？」

　マイクから女性店員の声が聞こえてくると、岩谷はボリュームのあるハンバーガーのセットに加え、ナゲットも注文した。泉はチーズバーガーのセットにする。

　商品を受け取り、再び車が走り出すと、泉は自分だけハンバーガーの包みを開けてそれにかぶりついた。

「おい、自分ばかり喰うなよ」

　そう言われるが、わざと冷めた視線で一瞥し、無視してやる。

「ほら、あーん」

「なんで俺が、お前に食べさせてやらなきゃいけないんだ」

「運転中だ。当たり前だろうが」

「知るか」

無視して自分だけ食べていると、今度は先ほどの泉のように腹減っただの、このままじゃ餓死するだの騒ぎ始め、しまいには空腹の自分の前でハンバーガーにかぶりつくお前は人でなしだと非難し始めた。うるさくて敵わない。

「あー、わかったよ」

食べさせてやるまで続けるだろうと思い、根負けした泉はハンバーガーの包みを開けて岩谷の口許にそれを持っていってやった。すると大きな口でかぶりつき、満足そうに「旨い」と言う。

「ポテトくれ。コーラもだ」

当たり前のように命令され、しぶしぶながらもポテトを口に運んでやり、ストローを袋から出してセットしてやった。

これでは、まるで彼氏の車の助手席にいる女の子だ。しかも、泉が嫌そうな顔をすればするほど、岩谷は楽しそうに命令してくれるではないか。ナゲットにいたっては、ソースをもう少しつけろなんてことまで言う。

（絶対に嫌がらせだ）

結局、ハンバーガーもポテトもナゲットも全部食べさせてやり、岩谷が口を拭《ふ》いたナプキンも片づけるハメになった。

「あ～、喰った喰った」

岩谷の世話で自分の食事がおろそかになった泉は、時間が経ってしなびたポテトを齧《かじ》りながら、満足そうな顔をする不良刑事を恨めしげな目で睨む。

「お前、まだ喰ってんのか？　遅ぇな」

「あんたがいろいろ命令してくれたからだろ。それより、昨日から同じシャツで気持ち悪いんだけど」

下着はコンビニで買ったが、他は昨日からずっと替えていない。

「二、三日同じ服着てたって、変わんねぇだろうが」

「あんたと一緒にしないでくれ。俺はこれでもきれい好きなんだよ」

これだけは譲らないぞと態度で示すと、仕方ないといった顔をする。

「わかったよ」

それから二十分ほど車を走らせ、目についたショップに車を滑り込ませた。通りがかりで入ったにしては、なかなかセンスのいい店だ。店員は鼻と耳にピアスをしたワイルドなタイプの若い男で、顎髭《あごひげ》を生やしている。といっても、ファッションだけで、岩谷ほどいい躰をしているわけではない。

ふと、ここで逃げたら岩谷は焦るだろうかなんて考えが脳裏をよぎり、泉は店内を物色し

ている岩谷と出入口のドアを交互に見た。

金庫なんて本当は開けたくない。店にも自宅にもどうせ戻れないのだ。鍵師以外にできる仕事がなかったからやっていたようなもので、店への執着もない。それなら、ここから逃げてどこかへ行方《ゆくえ》をくらますのもいい。タイムリミットが過ぎれば泉は用なしになり、命を狙われることだってなくなる。

そもそも、本当に多くの人間が死ぬかなんてわからないのだ。

いい考えだと思った泉は、実行に移すべく周りを見渡す。

そして、すぐ近くでシャツを物色している若者に目がとまった。泉たちが店の駐車場に入る時に、軽自動車から降りていた男だ。

店に入ってから、三度ほど目が合っている。今も、泉を気にしているのがよくわかった。もしかして……、と思い、服を選ぶふりをしながらゆっくりと近づいていき、もう一度男を見た。すると、予想通りすぐに目が合う。しかも、泉が目を細めて笑うと照れたように軽くお辞儀をしてみせた。

「ねぇ、この服ってさ、俺に似合うかな?」

「え……っ?」

「ちょっと若すぎないかと思って」

「えっと、いや……そんなことないですよ」

男は二十代半ばか、もう少し若いくらいだろう。慌てている若者に近づいていき、そっと腕に触れる。知らない男からのボディタッチを嫌がらないのは、その気があるからだ。

「どう?」

「に、似合っていると、思います」

泉は、躰を寄せてから耳元で囁いた。

「実は俺さ、悪い奴に追われてるんだ。助けてくれないかな?」

「え……?」

「君、車持ってるんでしょ? 店の裏口に車を回してさ、俺が出てきたら駅まで乗せてってくれないかな? お礼は……今ちょっと手持ちがないから、お金じゃないものでできればいいんだけど」

軽く舌先を見せて唇を舐めると、男の頬《ほお》が少し染まる。

それを見て、確信した。

ゲイが集まる繁華街のバーでもないのに、この店で仲間を見つけたのは幸運だ。ようやく自分にも運が向いてきたと思い、この店から忽然《こつぜん》と消えたら岩谷はさぞ慌てるだろうとほくそ笑む。

しかし、男の視線が泉の後ろに向いたかと思うと、今の今まで期待に満ちていた瞳《ひとみ》は恐怖に染まった。

「おい、若いの。俺のバンビちゃんに手ぇ出すとは、勇気あるなぁ」

「――っ！」

岩谷が、不遜《ふそん》な笑みを漏らしながら近づいてきた。

ヤクザだと思っただろう。ある意味ヤクザよりずっとタチが悪い。

青年は驚愕《きょうがく》した顔をこわばらせると、棒立ちになったまま固まってしまう。

「遅いと思ったら、こんなところで男漁りか。お前はどこまでも男好きだなぁ。俺一人じゃ満足できねぇか」

岩谷はいかにもそれらしい台詞《せりふ》を吐き、青年の肩に腕を回して顔を近づけた。こわもての男にそんなことをされれば、大抵の人間は足が竦《すく》むだろう。

「なぁ、お前。こいつに誘われたんだろう？　こいつはすぐに男を漁るんだよ。悪い癖だ」

「す、すみません……っ」

「いやいや、悪いのは男好きなこいつの方だ。お前は、誘われただけだ。そうだろ？」

「はい」

「だよなぁ。お前は悪くない。悪いのは男漁りがやめられないこいつだ。だがな、今度手を出したら、お前のイチモツを切り落としてケツの穴に突っ込んでやるからな」

「わ、わかりました」

そう言うなり、逃げるように店を出ていく。置いていかれた泉は唖然《あぜん》とし、睨むようにして岩谷を見上げた。

「残念だったなぁ」

「――っく」

「遊びもたいがいにしとけ。あんまりおイタがすぎると、俺だって穏やかじゃない。折檻《せっかん》しねぇとわかんねぇなら、そうしてもいいが」

耳元で囁かれ、泉はゾクリとなった。

しかも、二十七になる泉に対して『俺のバンビちゃん』だ。小姓として仕える幼い少年ならまだわかるが、成長期もとうに過ぎ、素直さも純粋さも歳相応に失った男を相手にそんな言葉を選択するような男は、岩谷くらいだろう。

滴るような色気に、勘違いしてしまいそうだ。

「何が『折檻しねぇと』だ」

密着した躰を退《ど》けようと突き飛ばしたが、胸板の厚さが手に残って逆に落ち着かなくなった。

「そう言って欲しいんだと思ってたよ」

ニヤリと笑われ、目許が染まる。

岩谷の方が一枚上手だ――そう思い知らされた泉は、どう足掻《あが》いても無駄だと悟った。そして、妙な反抗心を出し、子供っぽいことをした自分を反省させられるのだった。

3

車で何時間走っただろうか。

一時的な隠れ家として用意されたのは、小さな倉庫だった。倉庫の立ち並ぶ中で、一番奥にある。ここで一泊し、明日は朝から移動しなければならない。状況次第で、現場に到着するなり作業に取りかかるか、その付近で身を隠したまましばらく待機するかが決まってくる。

内通者が誰なのかわからないうちは、姿を見せるのは危険だ。

いつ、どこで襲ってくるかわからない。岩谷が言うように本当に『ガーディアン』の仕業なら、たとえ周りじゅう警官だらけでも泉を殺すだろう。自分たちの目的を知られないために、そしてその目的を果たすために、自ら犠牲になるくらいのことはする。

「周りを見てくるから、ここで待ってろ。飯喰っててていいから」

念には念を入れようというのだろう。岩谷は泉を置いて倉庫の周りの様子を見に外に出ていった。

一人になると、いろいろなことが頭の中に浮かんでくる。

途中、コンビニで買ってきた夕飯が段ボール箱の上に置いてあるが、何も口にする気にはなれなかった。腹は空《す》いているが、食欲がまったくない。

洋介ママやデラちゃんの店で飲んだのは、ほんの少し前だ。あの時は、自分がこんなことになるなんて想像もしていなかった。

「いつまでこんなことが続くんだよ……」

独りごち、ビールケースを逆さにしたものに座るとポケットを探る。そして、無言でキーホルダーを取り出した。店や自分のアパートの鍵に交じって、レンチのようなものがついている。

祖父の形見だ。

泉が初めて鍵開けの技術を教えてもらった時にくれた物で、机の引き出しやレプリカの手錠などシンプルな錠を開けるのに使う。まだ小さかった泉が、すぐに開け方を覚えたのを見て、祖父が褒《ほ》めてくれたのを覚えている。

思えば、あれが始まりだった。

『自分の技術を悪いことに使ってはいかん』

それは祖父の口癖だった。

どんな鍵も開けられるなら、泥棒だってできるねと言った泉に祖父はそう言った。プライドを持った職人だからこそ、悪いことに自分の技術を使ってはいけないと……。

そんな祖父を尊敬していた。

それなのに、その教えを破って窃盗を重ねた。なぜあんなことを続けていたのか、自分でもわからない。スリルに溺《おぼ》れ、自分の腕に酔いしれていた。誰もができないことをいとも簡単にしてしまう自分を神のように思っていた。

しかも、泉が服役している間に祖父は亡くなったのだ。

今でも後悔している。両親を早く亡くした泉を可愛がり、育ててくれた祖父の死に目に会えなかったことも、ずっと泉の心にのしかかっている。

それなのに、また同じ間違いを犯さないという自信はないのだ。自分の中に爆弾を抱えている気がする。

「じーちゃん」

あの頃の自分に逆戻りするんじゃないかという思いが、泉の心を不安定にさせた。自分の中の悪魔は、まだ生きているのだろうかと思う。

「おい、どうした？」

振り返ると、岩谷が立っていた。

「なんだ。飯喰ってねぇじゃねぇか」

置きっぱなしの袋を見た岩谷は、それを手にすると泉の隣にビールケースを持ってきてそれに座り、買ってきた弁当を広げ始めた。

カツ重にカニピラフ。それに加えてから揚げとポテトサラダ。これが岩谷のぶんだ。

「お前も喰え。体力もたねぇぞ」

「食欲がないんだよ」

「昼間は腹減った腹減ったってうるさかったくせに、何言ってやがる」

岩谷を困らせるために言ったことだったが、それを言うとまた何をされるかわからないと、黙っていることにする。

「ったく、そんなだから、いつまでもガキみてぇに痩《や》せっぽちなんだよ」

そう言って岩谷は、かき込むようにしてカツ重を胃の中に収めていった。

そんなに貧相な躰ではないはずだと思うが、岩谷の体格を見ているとそんな反論が虚《むな》しくなってくる。鍛え上げられた肉体は、計算されたプログラムの下で作られたものではない。

犯人を追い、時には格闘して手に入れたものだろう。

見せる躰ではなく、使う躰は瞬発力だけでなく持久力もありそうだ。犯人を捕まえるためなら、雨の中を何日も立っていられる精神力もあるに違いない。

空調の効いた温室で育てられたものとは違う。

実践で身につけたものは、どんなサバイバル競争も生け抜きそうだ。

「何持ってんだ?」

泉が握り締めている道具に気づいて、興味を示した。

「形見」

素直に言うのは、岩谷を少しは信用しているからだろうか。嫌いなはずなのに、なぜか今は話してみたい気分だ。

「じーさんのか？」

「ああ。これ、最初にくれた道具だ」

「それで窃盗を重ねてたのか？」

泉は口許に笑みを浮かべた。本当に遠慮のない男だ。

それを聞くか……、と言いたくなるが、変に気を使われるよりマシだ。はっきり聞かれる方がいいこともあるんだなと、今初めて気がついた。

単にこの男が無遠慮なのか、敢えてそうしてくれたのかは、わからない。

「これを悪いことに使ったことはないよ。これだけは、使わないって決めてたんだ。まぁ、窃盗を繰り返したのは事実だし、何を使おうが関係ないけどな」

自虐的に笑い、形見の品を親指で撫《な》でた。

「じーさんは、どんなだったんだ？」

「どんなって？」

「お前にとっては、優しいじーちゃんだったのか？」

どうしてそんな話をするのだろうと思うが、黙っているより気が紛れるような気がしてポ

ツリポツリと呟くように答えていた。

「まぁね。優しかったよ。でも、浮気はよくしてたって仲間の鍵師に聞いた。……優男でさ、女がほっとかなかったんだろ。あんたのとこは？」

「うちは頑固爺だ。昔の人間だからな、外国人を見ると敵だ敵だっつって、すぐに襲いかかるような爺でよ、戦争でも思い出してたんだろうな。中学に外国人の教師がいたんだが、体育祭の時なんか大変だったぞ。半分ボケも入ってたからな、竹刀《しない》持って追いかけ回してた」

なんとなく想像でき、笑った。強烈な爺だ。だが、そんな爺のＤＮＡを受け継いでいるからこそ、こんな男になるのだろう。

ワイルドで、無遠慮で、デリカシーの欠片《かけら》もない。

そう心の中で毒づいていた泉だが、岩谷の視線が注がれているのに気づいて顔を上げた。するど、なんともいえない表情で泉を見ている。

「なんだよ？」

「怖いのか？」

泉は答えなかった。

「だから昼間あんなふうに我儘言ったり、逃げようとしたりしたんじゃねぇか？」

それは、泉本人ですら気づいていなかった心のうちだ。それを見抜かれ、何も言えずに己の気持ちだけが露呈される。

そうだ。本当は怖いのだ。金庫を開けるのが、怖い。

岩谷が運転する車の助手席に乗っていると、その時が少しずつ近づいてくるのを噛み締めていなければならない。だから、どうしようもなかったのだ。

どうしてわかるんだ……、と驚きを隠せずに岩谷のことを見る。

「その細い手で、いとも簡単に開けちまうんだからな。すごいことだぞ」

「殴り合いをするんじゃないんだ。金庫破りに手の大きさなんて関係ない」

「ま。そうだが」

それきり、岩谷は何も言わなくなった。どんなふうに接していいのか、わからないのかもしれない。デリカシーなんてないと思っていたが、意外に繊細なところもあるのではないかなんて、馬鹿な考えが脳裏をよぎる。

(なんか言え)

泉は、いたたまれずに心の中で訴えた。しかし、状況は変わらない。

無言のままなんとも言えない空気を共有していたが、ふと、岩谷の唇に目が行った。

少し厚めで、情が深そうだ。

優しげな眼差《まなざ》しを注がれているのに気づき、胸の奥が熱くなる。

(あ、やばい……)

こんな時に何を盛っているんだろうと思うが、泉はその誘惑に抗《あらが》えなかった。顔を少し傾けてゆっくりと近づけられると、泉も吸い寄せられるように唇を差し出す。

岩谷がどんなふうにキスをするのか、知りたかった。奪うようにするのか、それとも無骨な優しさを見せるのか。

心臓の鼓動が速くなり、息が苦しくなる。

そして、唇と唇が触れようとしたその瞬間——。

携帯が鳴った。

「！」

二人はピタリと動きを止め、我に返る。目と目を合わせていたのは、どのくらいだっただろうか。思考は停止し、お互い硬直したまま動けないでいた。

先に動いたのは、岩谷の方だ。

「俺だ。なんだ？」

携帯を取り出すと耳に当て、泉に背中を向ける。不機嫌なのが声の調子でわかった。どうやら電話の主は、庄野らしい。

「ああ、大丈夫だよ。無事着いたってさっき連絡しただろうが。そんなことしてねぇよ。大事な鍵師だろうが。あ？　わかってるよ。お前こそ仕事しろ」

電話を切った岩谷は、ぶつぶつと文句を言いながら携帯をポケットにしまった。二人は視線を合わせたが、先ほどのことに触れる余裕など互いにない。

「俺は飯喰ったから、もう寝るぞ。お前もとっとと喰って寝やがれ」

「あ、ああ」

岩谷が買ってきたTシャツに着替え、車の中に入ってシートを倒して寝ると、泉は段ボール箱の上に置いてある弁当に手を伸ばす。箸《はし》を割り、弁当をつまみながら車の方へ目をやる。よく見えないが、どうやら眠れないようでときどき寝返りを打っているのはわかった。ぎこちない空気だと感じているのは、泉一人ではないようだ。


何かの物音に、泉は目を覚ました。眠い目を擦《こす》りながら起き上がると、岩谷が泉に覆い被さるようにしている。微《かす》かな体臭に心臓が跳ね、声も出ない。

一瞬、夜這《よば》いでもかけられたかと思ったが、どうも様子が違った。目つきは鋭く、倉庫の出入口に神経を集中させている。

「どうか……」

「――しっ」

唇の前で人差し指を立ててみせるのを見て、緊張が走る。

誰かが、この倉庫の周りにいる――岩谷の目はそう言っていた。泉を殺そうとしている組織の人間かもしれない。

「おい、俺の側を離れるなよ」

ゆっくりと車のドアを開けて降り、倉庫の中を移動した。正面から逃げるのは得策でないのはわかっている。どこか窓から脱出するしかない。

「いいか、俺が合図したら……」

岩谷が言うのとほぼ同時に、ドン、とすごい音がしてドアの横にあるシャッターが変形した。飛び込んできたのは、四輪駆動の黒い車だ。

「こっちだ！」

考えている暇などなかった。言われる通りに走り、窓から外へ飛び出す。

「どうしてここがわかったんだ？」

「知るか。とにかく逃げるぞ！」

岩谷と二人で走るが、車はすぐに追いついて二人の前に回り込んだ。フィルムを貼った窓が開いて銃口を向けられる。

プシュ、と音がして、足元のアスファルトが弾けた。

忘れもしない。店で襲われた時と同じ音だ。サイレンサーつきの銃は、発砲音がしないだけに不気味で、足が竦む。

追手は邪魔な刑事を先に殺るつもりらしく、立て続けに五発放ち、岩谷は横に跳んだ。

「──ぅ……っ」

苦痛に顔を歪めるのを見て、心臓に冷水を浴びたような気分になった。

撃たれたのだ。二の腕が血で染まっている。

やばい。

「おい、ケガしてる」

「こんなのケガのうちに入るか。掠っただけだ。それより、先に行け」

立ち上がるのと同時に、車から降りてきた男が銃を構えて近づいてくるのが見えた。

泉はすぐに動けずに、男を見ていた。すると、銃を構えようとする男に岩谷が飛びかかる。

「……ぐぁ」

丸腰で武器を持った相手に向かっていくなんて無謀すぎる。いや、泉がいなければ、あんなことはしなかったかもしれない。

目の前では二人が揉み合っているが、あまりに激しい動きに加勢することもできずに呆然《ぼうぜん》と見ていることしかできなかった。そしてその時、倉庫の方から別の男が出てきて、岩谷に銃口を向けるのが見えた。仲間を誤射する危険があろうとも、撃つだろう。

泉は、外に置かれた資材の陰になって自分の存在がまだバレていないことに気づくと、近くに落ちていた木材を拾い、タイミングを見計らってその後頭部を殴った。男は呻き声をあげてから地面にうずくまるが、今度は泉が不意をつかれる。

「ぅ……っ」

背後から近づいてきた別の男に、首根っこを押さえつけられ、積み上げられた資材に押さえつけられる。硬い物が後頭部に押し当てられるのを感じて、死を覚悟した。

「うらぁ！」

諦めかけたその瞬間、岩谷が男に飛びかかった。先ほど揉み合っていた相手は、アスファルトの上に寝転がっている。男が持っていた銃は、岩谷が持っていた。

「行くぞ」

二人は倉庫の間に身を隠しながら、追っ手から逃れた。

「いいか。俺が合図するから、そしたら走れ。道路を渡って向こう側に行けば、逃げられるはずだ」

「あんたはどうするんだよ?」

「俺があいつらを引きつけておく」

つまり、岩谷が囮《おとり》ということだ。

「でも……」

「でももへったくれもねぇんだよ。俺はお前のボディガードを命じられてるんだ。当たり前だろうが」

もし、ここで捕まってしまえば岩谷は殺されるだろう。護る者がいなければ、泉のことも狙いやすくなる。

「ほら、携帯をやっとく。これで中村たちに連絡を取れ」

「それってどういう」

「俺に何かあったら、あいつらが護ってくれるって言っただろうが」

心臓が大きく跳ねた。

岩谷はサラリを言ってみせたが、それは死をも覚悟しているという意味だ。職務のためにそこまでできるのかと思い、声も出せずに岩谷の横顔を凝視していた。

「俺がいないと、寂しいか？」

ニヤリとされ、ハッと我に返る。

「そんなわけないだろう」

「だったら俺のことなんか構わず、自分が助かることだけ考えろ」

「でも……」

「――今だ、行け！」

背中を押され、泉は一瞬戸惑ったものの言われた通りに走り出した。岩谷は、わざと目立つように飛び出して泉とは逆の方へ向かう。

（くそ……っ）

泉は、全力で走った。ときどき物陰に身を隠しながら、倉庫の並ぶ一帯から道路のある方を目指す。見つかれば、すぐに銃弾が飛んでくるだろう。

そう思うと恐怖に支配されそうになるが、追ってくる足音がまったく聞こえないことに気づいた泉は、少しずつスピードを緩めていった。

そして、とうとう立ち止まる。

（あいつ、殺されるのか……）

振り返ったが、誰もいなかった。

岩谷がどうなろうと、知ったことではない。泉を護るのが、あの男の任務だ。市民の安全を護る警察が、与えられた仕事をしているだけだ。気にする必要はない。

けれども、どこかでもう一人の自分が反論している。

敵は、少なくとも五人はいただろう。銃も持っていたし、こういうことに慣れていそうだった。相手は場数を踏んでいる。それは岩谷にもわかっていたに違いない。

それなのに、なんの迷いもなく泉を逃がした。

「だから、それが当たり前なんだよ……っ！」

自分に言い聞かせるが、最後に見せられた笑みを思い出して唇を嚙む。

『俺がいないと、寂しいか？』

あんな言い方をしたのは、泉が心置きなく逃げられるようにだ。泉の性格を知った上で、あんなふうにからかって背中を押してくれた。刑事とはいえ、自分が死ぬかもしれないという場面でそんなことができる人間がいったい何人いるだろうか。

「くそ……っ」

泉は、今来た道を戻っていった。

どうしてそんなことをしたのか、自分でもわからない。狙われているのは泉だ。敵がいるところへのこのこ出ていくなんて、ただの自殺行為だ。そして、他人のために敵のところに戻る勇気がある人間でもない。

しかし、今泉が取っている行動はそんな考えを否定せざるを得ないものだった。

現場に戻った泉は、身を隠しながら様子を窺う。

人の気配がした。しかし、先ほどとはうって変わり、辺りはシンと静まり返っている。泉たちが身を隠していた倉庫の方から、男の声がする。

そっと近づいていき中を覗くと、岩谷が捕まっていた。

「――っ」

後ろで手を組んだ状態で拘束され、地面に跪《ひざまず》かされている。どうやら、自分の手錠をかけられているようだ。泉の居場所を言えと迫られているのか、この場を仕切っているらしい男に何やら話しかけられている。

「！」

男の蹴りが、岩谷の横っ面にヒットした。男はすぐに鳩尾《みぞおち》の辺りを蹴り上げ、地面に転がった岩谷の躰に何度も蹴りを入れている。

苦しそうに咳《せ》き込むのが、泉のところからも微かに聞こえた。

(どうすりゃいいんだ……)

あの中に飛び込んでも、状況は悪くなるだけだ。だが、このまま見ていても何も変わらない。何もいい考えが思い浮かばず、無情にも時間だけが過ぎていった。

岩谷は、何度も殴る蹴るの暴行を受けた。口を割らせようと男たちも必死だ。しかし、岩谷は暴力に屈するタイプではない。

(何してるんだ……?)

業を煮やしたのだろうか。男たちは岩谷を倉庫の中に停めていた車の運転席に座らせてドアを閉め、一人を残して全員が出ていった。どうやら車のどこかに繋がれているようで、岩谷は出られないでもがいている。

そして、残った男は銃を構えたかと思うと、なんの躊躇もなくガソリンタンクに向かって発砲した。流れ出すガソリンが、コンクリートを黒く染めていく。さらに男はライターを出して火をつけて放り投げた。

途端に燃え上がる炎。それはすごい速さで車体に向かって走っていく。

「――っ!」

車の近くの窓ガラスが、数枚割れた。火は瞬《またた》く間に燃え広がり、岩谷が繋がれた車を取り囲もうとしている。いつ、ガソリンタンクが爆発するかわからない。

暗闇《くらやみ》の中で行われる処刑はあまりにも淡々としており、あの男たちは本当にテロリストなのだと思い知らされた。自らそう名乗ってはいないが、やっていることは同じだ。

目的のためには、人を殺すことなどなんとも思わず、遺体を隠そうという気持ちすらない。

(急がないと……)

男が立ち去ると、泉はヒビが入った窓を割って倉庫に侵入した。中はすごい熱気だ。煙も充満しており、両手を繋がれた岩谷は顔を覆うこともできないでいる。

救出が遅れれば二人とも一酸化炭素中毒で死ぬか、爆発に巻き込まれて死ぬ。

炎はあっという間に広がり、泉はそれをよけるようにして車に近づいた。岩谷は手錠を外そうともがいていたが、自分に近づいてくる人の気配に気づいて振り返る。

「……っ!　お前、何してやがる」

「黙ってろよ」

泉は、運転席のドアを開けると、祖父の形見を手にした。

手錠は車のシートの下に固定されており、直接見ることはできない。しかし、こんなシンプルな鍵なら目を閉じていても開けられる。狭い隙間《すきま》に腕を入れ、手探りで鍵穴を探して先の曲がったレンチのような形をしたピンを穴に差し込む。

ほんの一瞬だった。

「よし、外れた、……げほげほ……っ」

「助かった、……っ、……外へ……っ」

激しく咳き込みながら、二人はすぐさま外へ向かった。行く手を阻む熱気と炎に躊躇していると、岩谷が護るようにして肩に手を回し、強引に炎の間を突破する。

「あそこから出るぞ！　――っ！」

ガソリンタンクが爆発するとともに、爆風が二人を襲った。肌が露出した部分が熱くなるが、頭を抱くようにして岩谷が護ってくれたおかげで熱風を直接浴びたのは、ほんのわずかだ。その代わり、岩谷の方がかなりダメージを受けている。

寝る前にTシャツに着替えたのが、仇《あだ》となってしまったようだ。

「行くぞ！」

急《せ》かされ、考える間もなく窓ガラスが割れた箇所に向かう。外に出ると、もう一度中で爆発音が聞こえて地響きがした。この時も、岩谷は泉に覆い被さって自分が盾になる。

「立て、走るんだ」

岩谷は、周りに気を配りながら泉を誘導した。

どこをどう走ったかなんて、ほとんど覚えていない。ようやく倉庫街から出て安全と思える場所まで来ると、事務所らしき建物の陰に身を隠して膝《ひざ》の高さほどあるブロック塀に腰を下ろした。その一帯はプレハブ造りの建物などが多く、看板の文字も薄くなっていたり錆《さ》びついたりしていた。

運送会社だろうか。駐車場にトラックが何台も停まっているところもある。

ゴチャゴチャした印象だが、身を隠すにはうってつけだ。

「……ったく、なんで……、戻ってきやがった？」

「知るか」

泉が短く言うと、何を言っても同じだと思ったようで、それ以上問いつめようとはしなかった。しばらく無言でいたが、自分の手首を見て手錠が外れていることがまだ信じられないといった顔をする。

「ピン一本で外したのか」

「あんなおもちゃ……、俺の、手にかかれば一秒で外せる。感謝しろよ」

呼吸が整うと、二人はどちらからともなく歩き出した。

「ケガ、大丈夫か？」

「ああ、後で消毒すりゃいい」

軽く言うが、決して軽いケガではなかった。銃創に火傷《やけど》。殴る蹴るの暴行も受けている。

どんなに岩谷がタフでも、平気なんてことはないだろう。

泉があまりに心配そうな顔をしているからか、岩谷は自分に注がれる視線に気づくとふざけた口調で言う。

「バンビちゃんの可愛い顔がまた見られてよかったよ」

ニヤリと笑うが、無理をしていたようですぐに苦痛に顔を歪めた。


二人が逃げ込んだのは、築何十年だろうと不安に思うような安ホテルだった。従業員の愛想は悪く、ろくに客の顔を見ないようなところだが、今の二人には都合がいい。

フロントで手続きを済ませると、途中で止まりそうなエレベーターで二階に上がった。昔ながらの鍵でドアを開けて中に入る。

こんなところでも、あの場所から逃げてきた泉にとっては天国のようで、ようやく気を抜くことができた。ずっと神経を張りつめていたからか、ベッドに座ると立ち上がる気力が湧かなくなる。

「おい、平気か?」

「ああ。なんとかな。俺よりあんたの方が平気じゃないだろう?」

「こんなもんケガのうちに入るか」

岩谷はそう言ったが、腕に受けた銃の傷は思ったより深いようだ。熱風を浴びた背中も痛むようで、Tシャツを脱ぐと全体が赤くなって熱を持っているのがわかった。泉が心配そうにしているからか、大丈夫だと言ってバスルームに消え、水のシャワーを浴びて出てくる。せめて消毒くらいと思うが、追われている身だ。車も失った今、たったそれだけのことをするのも容易ではない。

「お前はそっちで寝ろ」

泉が汗を流してバスルームから出てくると、岩谷は既にソファーに横になっていた。ケガをしているくせに、ベッドを泉に明け渡すところが岩谷らしかった。ケガ人がベッドを使えと言っても聞き入れようとはせず、ほどなくして寝息が聞こえてくる。

(ボディガードを任されてるからって、俺を大事にしすぎなんだよ)

寝入ってしまった岩谷の額に手の甲を軽く当てると、熱があるのがわかった。掠っただけとはいえ、銃弾が腕を掠めて出血しているのだ。タオルを巻いて止血しているが、衛生的とは言えず、化膿してもおかしくはない。それに加え、熱風で受けた火傷の傷。殴る蹴るの暴行も受けている。

黙っているが、血の小便が出たかもしれない。

ボロボロの岩谷が寝ているのをしばらく眺め、軽く溜め息をついてその場を離れた。そして、ベッドに戻ると横にならずにそこに座り、自分の手をじっと見つめる。

まだ、あの感覚がこの手にしっかりと残っていた。手探りで鍵を開ける時の感覚だ。状況が状況なだけに、何も考えずに手錠を外したが何年ぶりかに味わった。

あんなものは、目を閉じていても開けられる。あんなものでは、満足できない。

泉は、恐れていた事態に自分が陥りつつあることを感じていた。

先ほどは危険の中に身を置いていたからわからなかったが、こうして精神的に余裕が出てくると昔の悪癖が顔を覗かせる。

自分の中の悪魔が目を覚まして、泉に訴えているのだ。

やはり自分は天才だという高揚感。それが今さらのように湧き上がってきて、もっとすごい仕事をさせろとせっついている。どうしようもない飢えに見舞われ、スリルを味わわずにはいられずに窃盗を繰り返していた頃の泉が姿を現した。

天才からくり技師が自分の持つすべての技術を注いで作った金庫とやらを、開けてやりたいとも思った。

祖父にできたことが、自分にできないはずはない。祖父よりもっと上手く、スマートに開けてやると……。

同時に、それを開けたらどうなるかわからないという恐怖に襲われる。

泉は、己の中に眠る狂気を抑えようと必死だった。

（くそ……）

しばらく耐えていたが、どうしようもなくなり、何か気を紛らわせるものはないかと冷蔵庫を開けた。その中にはビールがあり、飛びつくようにそれを掴んでプルタブを空ける。

一缶空けたくらいでは酔えず、二本目に手を出そうとするが、棚の中に飲み切りサイズのブランデーなどが揃《そろ》っていることに気づいてそちらに手を出した。

流し込むと胃が熱くなり、熱は躰の隅々まで行き渡る。

(俺は、もうやらないって決めたんだ)

あまり酒には強くないせいか、小さな瓶一本空けただけで頭がぼんやりしてきた。二本空けたところで、足元がおぼつかなくなる。

それでも立ち上がり、バスルームに入ると鏡を覗いて自分と対峙《たいじ》した。

お前は、まだあの病から立ち直っていないのか——鏡の中の自分に聞いてみるが、答えは明らかだった。こうして一人で酒を飲んでいることがその証拠だ。まだ、自分は忘れられてはいない。

一生、忘れることができないかもしれない。

そう思うと焦りを感じずにはいられなくて、開けようかどうしようか迷っていたコニャックの瓶を握り締める。

しかし、その時だった。

「こんな時に何やってやがる」

「！」

寝入ってしまったと思っていた岩谷が、鏡の中に映り込んだのを見て泉はギクリとなった。ゆっくりと振り返ると、怖い顔で近づいてくる。

「何が？」

なんでもないという態度を取るが、岩谷は見抜いているだろう。こんなところで酒の瓶を握って鏡の中の自分と睨み合いをしている理由なんて、一つしかない。

「どうしたんだって聞いてるんだよ」

「どうもしない」

「嘘をつくな。もしかして、眠れないのか？」

そうとも違うとも言わなかった。どちらにしても、泉が酒に手を出した理由はお見通しだ。見抜かれているのに、答えるなんて馬鹿馬鹿しい。

「そんなに飲むのはよせ」

「ちょっとくらいいいだろう。あんたには関係ないことなんだからさ。ケガ人は寝てろ」

「今さら関係ないなんて言わせねぇぞ。俺のためにお前は……」

言いかけ、口を噤《つぐ》んだ岩谷を見て泉は鼻で嗤った。

今さらそんな顔をされても困る。上からの命令とはいえ、泉の言葉など聞き入れもせずに金庫を開けろと言ってきたのは岩谷だ。

「俺が可哀相になったのか？　ジャンキーみたいに金庫破りの高揚感を手放せないでいる俺が、哀れになってきたのか？」

「違う。お前はジャンキーとは……」

「――何が違うんだよ！」

泉は、声を荒らげていた。

感情を抑え切れず、岩谷にぶつけてしまう。八つ当たりだとわかっていても、そうせずにはいられなかった。

「なんだよ？　最初から俺に金庫を開けさせようとしてたじゃないか。今やるのも向こうに辿り着いてからやるのも一緒だよ。今さら善人ぶる気か？」

「泉……」

「うるさい。名前なんて呼ぶな」

「とにかく飲むのはよせ」

諭すように言われ、酒を奪われる。

弱い自分を見られることが、嫌だった。こんな自分は嫌いだった。

しかし同時に、岩谷だからこそ晒け出しているのかもしれないという思いもある。

「飲んでないとやってらんないんだよ。それとも、岩谷さん、あんたが俺を抱いてくれるのか？」

どうせ抱けないだろうと、泉は挑発的な言い方をしてやった。黙ったまま自分を見下ろしてくる岩谷を見て、そんな顔をしてみせても騙されないと反抗的な気持ちになる。

どんなに言葉を重ねようと、所詮は上から命令されて仕事をしているただの刑事だ。そこまでしてやる義理なんてないだろう。そうしなければならない理由もない。

「抱いたら、少しは楽になるのか？」

「――っ」

泉は、自分の耳を疑った。しかし、岩谷の目は本気だ。

「前も言ったが、俺は男は初めてだぞ」

「ちょ……、なんだよ？」

泉は、痛いほど腕を捕まれて部屋に連れ戻された。勢いに押されるようについていくと、ベッドに押し倒される。

本気か……、と、半ば硬直したまま自分を見下ろす岩谷を凝視した。

「気持ちよくしてやれるか、わからねぇからな」

「……ぁ！」

首筋に唇を落とされ、小さな声を漏らした。まさか岩谷が本当にこんなことをするとは思っておらず、混乱する。反射的に躰を押し退《の》けようとするが、手を掴まれ、軽く押さえつけられた。

たったそれだけのことなのに、男としての差を見せつけられた気がして動揺する。

しかし、それはただの恐怖ではなかった。

自分を支配しようとする存在に、泉の中にいる女が疼《うず》き出す。

「おい、やめろよ。冗談……」

「お前が抱いてくれって言ったんだろうが」

「ちが……、抱けるわけ、ないだろって、……意味、だったんだよ……っ」

「どっちも同じだ」

有無を言わせない岩谷の態度。にわかに不安が胸に広がる。

いや、羞恥《しゅうち》かもしれない。

「……ふざ、けん……な……っ、……ぁ……。……っく、……んぁ」

どんなに抵抗しようが、甘い愉悦の中に少しずつ引きずり込まれていくのを止めることはできなかった。首筋を這い回る舌に、我を忘れてしまう。

肉食獣が獲物を追うように、悪党を執拗《しつよう》に追い続ける刑事はベッドでも獣だった。まるでハンティングをしているように、泉に襲いかかってすべてをさらおうとしている。

荒っぽい息遣いを聞かされていると、こうされることを望んでいるのだと深く思い知らされた。

「ぁあっ、……ぁ、……んぁ、……ぁあ!」

遠慮なしに、肌の上を舌が這い回る。時折歯を立てられるが、甘い痛みは被虐的な悦《よろこ》びを呼ぶだけで、泉は目眩《めまい》を覚えながら岩谷とのセックスに溺れていった。

「う……っく、……ん、……ふ、……んぁ、……ぁあ、あ、あっ」

次第に、呼吸が小刻みになっていき、感度も上がっていく。

耳元に微かに吐息がかかっただけで、身を捩《よじ》らずにはいられないほど感じた。泉の反応を見てなのか、それとも普段からこういう抱き方をするのか、岩谷は獣じみた息遣いで首筋や鎖骨を強く噛んでくる。

「ぁあ！」

なんて男だと思った。

こんなふうに狂わされるなんて、初めてのことだ。汗ばんだ躰からは、甘く淫蕩《いんとう》な牡の香りがしてくる。

蜜《みつ》を探してふらふらと漂っているような泉を誘い、喉笛に喰らいついて放さない。

いつも事件を追い、犯人を捕らえることにしか興味のなさそうな男は、おざなりなセックスしかしないと漠然としたイメージを抱いていた。それなのに、こんなふうに抱くなんて反則だと、激しい愉楽の波にさらわれながら悦びに打ち震える。

「――ぁ……っ」

体重をかけられ、下半身がジンと熱くなった。

鍛え上げられた肉体はずっしりと重く、それを抱いているだけでも熱くなれる。男に乗られているだけで、欲しがる気持ちは加速した。

膝で膝を割られ、腰を進められるとますます歯止めが利かなくなってくる。

泉の中心はすでに形を変えており、その先端から透明な蜜を溢れさせているのがわかった。張りつめたそれは、ほんの少しの刺激を与えられただけで爆発しそうだ。

それなのに、岩谷は触れてくれない。

もどかしくてならないが、触ってくれとも言えずに唇を噛んでいると、バスローブの腰紐《こしひも》を解かれて躰を外気に晒された。

「あ……」

頬が熱くなり、そんな自分に動揺する。

男に躰を見られることを恥ずかしいと思ったことはなかったが、今は違う。視線を注がれている部分が熱く、見ないでくれと心の中で訴えた。

「細えな」

「……っ」

「こんなに細いのに、ぶち込んで大丈夫か？　二十七とは思えねぇ」

「う、うるさ……」

「妙な気分になってくるよ。未成年に手ぇ出してる気分だ。ガキには、興味ないんだがな」

耳を塞《ふさ》ぎたくなる台詞だった。確かに細い方だが、二十七の男を捕まえて言う台詞ではない。

岩谷はいったん躰を離すとバスローブを脱ぎ捨ててベッドの下に放り投げた。その仕種《しぐさ》までもが男らしく、溢れる色香を感じずにはいられない。

見惚《みと》れていると、岩谷は、いきなり泉の中心を手で摑んで口を開けた。

「何……、――ぁ……っ！」

喰われる――そう思った瞬間、下半身が熱に包まれる。

「……馬鹿……っ、そこまで……、しろ……なん、……て……、……っく」

信じられなかった。

男は初めてのはずなのに、なんの躊躇もなく口に含み、舌を使い、泉を弄《もてあそ》んでいる。遊び慣れた男ですら、こんなふうに愛してくれたことはなかった。

口内は熱く、すぐに腰が蕩《とろ》けたようになり、唇の間からは次々と嬌声《きょうせい》が漏れた。唇を嚙むが、イイところを舌で嬲《なぶ》られると、吐息とともに本音を漏らしてしまう。

腰を浮かしてねだってしまいそうになるのを堪《こら》えるので精一杯だ。

「ま、……待て、よ……、――ん、ぁあ……っ！」

言葉になったのは、そこまでだった。注がれる愉悦に逆らうことなどできず、あっという間に溺れてしまう。

『気持ちよくしてやれるか、わからねぇからな』

先ほど言われた言葉が、脳裏を掠めた。

どこがだ――。

刑務所の中で一人のヤクザに散々女にされ、外に出てからも禁欲を貫くことなどなかったが、これほどの快感があっただろうかと思うほど身も心も濡れている。これまで泉が経験してきたことは、ただの戯れにすぎなかったのだと思わされた。

「ん……、……っく、……ん、………ふ」

堪え切れなくなった泉は、頭を抱えるようにして手のひらで自分の目を覆い、身を任せてしまう。

「は……、あ、あぁ、……ぁあ、……んぁ、……っ」

上半身を反り返らせ、頭を振った。爪先にまで力が入り、シーツに突っ張らせてしまう。さらに唾液《だえき》で濡らした指で蕾《つぼみ》を探られ、一気に理性はほどけていった。

前と後ろを同時に攻められ、我を忘れる。

「んぁ、……っく、……ぁ、あぁ」

疼いてたまらなかった。早く、岩谷が欲しい。有無を言わさず奪って欲しいと、切実な願いに見舞われ、そのことだけしか考えられなくなる。

そして、泉の気持ちを察したかのように、にじり上がってきた岩谷が中で指を動かしながら欲情したしゃがれ声でこう言う。

「ここに挿《い》れるんだろう?」

「ぅ……っく」

「壊しちまいそうだな」

そう言いながらも、岩谷は先端をあてがってきた。そして、不意をつくようにいきなり腰を進められ、奥に押し入られる。

「んぁ、あっ、——んぁぁああ……っ」

急激に上りつめてしまい、泉は白濁を放っていた。

自分だけ先に達《い》ってしまったことが情けないが、羞恥を感じる間もなくゆっくりと引き抜かれ、再び奥まで収められる。

「んぁ!」

岩谷のセックスは、優しかった。泉の反応を見ながら、イイところを探るように腰を回す。火傷やケガの部分に触れないよう腰の低い位置に手を添え、その動きを意識で追った。なんて、いやらしく動くのだろうと思いながら、岩谷とのセックスを味わう。

「んぁ、あ、や……、……はぁ……っ」

「……く、……そんなに、……締めつけるなよ。……ちぎれ、そうだ」

「んぁ、あ、……はぁ……っ、や、……やぁ、あっ」

「男が、こんなに、イイなんて……、思わなかったよ」

岩谷は苦笑しながら、さらに腰を回して泉を翻弄《ほんろう》する。

初めてのくせに……、と思うが、リードしているのは明らかに岩谷の方だった。まるで狩りを愉《たの》しんでいるように、じっくりとこの行為を味わっている。

泉の一つ一つの反応を見逃すまいとしているのか、時折泉の顔を覗き込んで舌なめずりをした。

「どうだ？　俺は、上手いか？」

岩谷を咥え込んだ部分がヒクッと痙攣《けいれん》するのがわかった。するとそれに応《こた》えるように、泉の中にいる熱の塊もずくりと脈打つ。

ひときわ嵩《かさ》が増えた気がして、溜め息にも似た甘い喘《あえ》ぎ声が漏れた。

聞かれたくないのに、次々に漏らしてしまう。

思わず背中に手を回すと、岩谷は痛みに顔をしかめた。

「痛ぇぞ」

多少距離はあったとはいえ、Tシャツ一枚で爆風を浴びたのだ。軽い火傷を負っているだろうに、それを忘れて背中に触れてしまうほど夢中だったことに気づかされる。

岩谷もわかっているのだろう。苦笑され、指と指を絡ませ合って手を繋いだ岩谷に、頭の上で手を押さえ込まれ、再び首筋を愛撫《あいぶ》された。

今度は先ほどよりもずっと優しく、そしてじれったく中をかき回してくれる。

「んぁ、あ、……あぁ、……はぁ……っ、や……、……やぁ……、あ、……ぁあ」

真綿で首を絞められているようだった。

泉は、脚を広げてすべてを晒け出した。こんなはしたない格好を岩谷に見せているのかと思うが、そんなことはどうでもいいと思ってしまうほどの凄絶《せいぜつ》な快感に襲われる。

「ああ、あ……、そこ……、……そこ……っ」

堪え切れず、甘えた声でねだり、もっと奥に来てくれと脚を広げて誘った。もっと奥を突いて、自分を激しく揺さぶって欲しかった。

逞《たくま》しい腰つきで突き上げて、自分を犯して欲しいと……。

身悶《みもだ》える泉をどう思っているのか、岩谷は無言のまま、舌なめずりをした。捕食者を思わせる仕種に、いっそう蕩けてしまう。

「あ……」

泉は、無精髭の生えた岩谷の口許を見つめた。男っぽい厚めの唇。顔の輪郭も男らしく、美しい獣を見ているようだ。

あの唇で自分の唇を吸って欲しいと願うと、泉が何を欲しているのかわかったのか、岩谷がゆっくりと顔を近づけてきて、キスをする。

「うん……っ」

鼻にかかった甘い声が漏れた。

唇はすぐに離れていったが、再び熱い眼差しを注がれているのに気づいてもう一度視線で誘う。すると、それに応えるように再び熱いキスを仕掛けてきた。

「うん……っ、ん、……んんっ」

情熱的に口づけ合い、息があがる。

泉は自らも腰を浮かせて濃厚に口づけていると腕を摑まれて引き寄せられ、促されるまま身を起こしてベッドに座る岩谷と向き合う。

「ぁ……っく」

座って体重がかかったためか、岩谷の男根がいっそう深いところまで届き、息を詰まらせた。しかし、それでも貪欲《どんよく》な獣は満足しない。

「うん、……ん、んっ」

泉は、岩谷に跨《またが》って腰をくねらせた。嵩のあるそれを腹の中に抱えていると思うと、泣きたくなるほど感じた。深く呑み込み、喰い締め、しゃぶり尽くす。

あまりの快感に、岩谷の頭を抱き締めながら啼《な》いた。

「ぁあ、……や……っ」

お願い、お願い、と心の中で繰り返し、自分が何を願っているのかわからなくなる。

「ここか?」

「そこ、……そこ……っ」

岩谷は指を喰い込ませながら泉の尻を鷲摑《わしづか》みにして、自分をいっそう深く咥え込ませようとしている。それがいとおしくて、泉はその熱いほとばしりを自分の奥で受け止めたくなった。

自分の中で岩谷が達くのを、見たかったのだ。

男が自分の中で達く瞬間が一番好きだ。無防備になり、どんな野獣でも一瞬だけ隙を見せる。そんな瞬間を味わいたかった。

「俺の、中……、……俺の……、……っ、……中で……っ、……ぁあ！」

言い終わらないうちに突き上げられ、黙らされる。

「この……淫乱、め……、なんて……ケツ、……してやがる」

舌なめずりをしながら苦笑する岩谷と目が合うと、さらに耳を塞ぎたくなるようなことを言われた。

「イイ締まりって、ことだよ……、――くそ……」

小さく呟くなり、岩谷はもう一度泉の躰をベッドに組み敷いて膝を肩に担ぎ上げた。繫がった部分が晒け出され、無防備になる。

「あ！　――あっ、……ぁあ、あ、あっ、ああっ！」

先ほどの優しさとはうって変わり、激しい抽挿《ちゅうそう》が始まった。なんて荒っぽい抱き方をす

るのだろうと思うほど、容赦なくなく突き上げてくる。

そんなに奥まで入ってこられたら、壊れてしまう――。

泉は、何度もそう思わされた。

けれども、壊れてもいい。壊してもいいから、岩谷のすべてを見せて欲しいと思った。

「いいか？」

「……ぁあ、……イイ、……んぁっ、……イイ……」

「俺も、いいぞ」

激しく突き上げられ、悲鳴にも似た声をあげながら岩谷を味わった。快感が苦痛を呑み込んでしまうと、あとは一気に上りつめるだけだ。

「……ひ……っく、……っく、……ぁ、ぁあっ、……そこ……っ」

「ここか？」

「そこ、そこ……っ」

「……っく、俺も、達くぞ」

「んぁ、はぁ……っ、――んぁぁああ……っ！」

意識を手放しそうになるほどの快感に躰を震わせ、泉は下腹部を痙攣させた。

同時に、奥で岩谷が爆《は》ぜたのがわかる。ほとばしる感覚はすぐには消えず、最後の一滴まで注ぎ込むように腰を押しつけられる。

時折、中で岩谷がズクリとなる。それに反応するように、泉の蕾もまた小さく痙攣した。そして躰の震えがようやく収まると、岩谷が脱力して躰を預けてくる。ぼんやりとそれを抱き締めながら、泉は満たされた気持ちになっていた。

4

遠くで、物音がしていた。

泉は、少しずつ夢の中から現実に引き戻されていった。躰は重く、まだまどろみの中にいたいと思うが、昨夜《ゆうべ》のことを思い出して目が覚める。

「！」

「起きたか？」

岩谷はすでに着替えを済ませており、いつでも出かけられる状態だった。どこで調達してきたのか、泉の服も用意されていて枕許《まくらもと》に置いてある。

テレビからは、ちょうどニュースが流れていた。昨日の倉庫での爆発事故は、すでに世間の知るところとなっている。どこまで明らかになっているかはわからないが、倉庫の焼け跡の映像を見ていると、自分たちがあの場所にいたのが信じられなかった。

ぼんやりテレビを見ていた泉だったが、岩谷がスイッチを消す。

「ほら、シャワーでも浴びて頭をすっきりさせてこい」

「わかってるよ」

昨日着ていた煤《すす》だらけの洋服がゴミ箱の中にあるのを横目で確かめてから、のろのろと起き出して軽くシャワーを浴びにバスルームへ向かう。

（痛てて……、やりすぎだ……）

額にシャワーを当てて目を閉じると、しばらくその心地よさを味わい、そして跪いて岩谷のものが残っていないか指を中に入れた。

「う……」

かき出すようにすると、ドロリとしたものが流れ出てくる。蕾が、熱を持っているのがわかった。

あれだけやれば仕方がないかと思い、そろそろと後処理をしてから溜め息をついて指を抜く。

「おい」

ドアが開く音がして振り返ると、岩谷が立っていた。

「何他人のシャワーシーン覗いてるんだよ？」

「中で倒れてないかと思ってな。無理させただろうが」

今さら野郎に裸を見られるくらいなんてことはないのに、なぜか躰を隠してしまいたくなった。岩谷がまったく照れていないのもいけない。無理をさせたなんて言って気遣われると、居心地が悪いのだ。

嫌がらせなのか……、と思うが、デリカシーはなくてもそんな小細工をする男とも思えず、独り相撲《ずもう》だと思い知らされる。

「野獣だったからな。ま、俺はああいうの嫌いじゃないけどね」

わざとそんなふうに言ってやるが、岩谷にそんなものは効きはしない。

「ほら、とっとと上がれ」

岩谷は普段と少しも変わらない態度で言い、バスルームを出ていく。昨晩、あんなに激しく抱き合ったのが嘘のようだ。

「わかってるよ」

ふて腐れて独り言を零すと、泉は躰についた泡を流した。

バスローブを身につけて部屋に戻ると、テーブルには朝食が並んでいる。服を買ってきた時に調達してきたのだろう。コンビニの袋がゴミ箱の中に突っ込まれていた。

「とりあえず喰え」

岩谷は箸を割り、さっそく弁当に手をつけた。あれだけの傷を負っているのに、疲れなど微塵《みじん》も感じていないようだ。

十分に睡眠を取ったにもかかわらずまだ疲労が取れない泉と違い、次々とかき込んでいく。

ソファーに並んで座るが、弁当に手を伸ばす気にはなれなかった。

「なんだ、喰わねぇのか？」

「俺はあんたみたいに無尽蔵に体力があるわけじゃないんだよ」

「何デリケートぶってるんだ」

そう言って、再び箸を動かす。

がつがつと飯をかき込んでいるが、岩谷の食べ方は食欲を減退させるようなものではなかった。大きな口を開けて次々と食事を胃に収めていく岩谷を見ているのは、気持ちがいい。

「なんだ？」

泉の視線に気づいた岩谷が顔を上げる。

「別に……」

わざと冷たく言うが、岩谷はじっと泉に視線を注いでいた。

「そんなに俺の食事シーンが見たいのか？　まぁ、人がものを喰う姿はエロいって言うけどな」

「よく喰うなと思っただけだよ」

「お前も旨かったぞ」

「……っ」

サラリとすごいことを言われ、何も言い返せなかった。ああいう行為に慣れているのは泉の方だというのに、どうして自分が動揺しなければならないのかと思う。

「何照れてんだ？」

クス、と笑う表情に、心臓が小さく跳ねた。顔も少し熱くなった気がして岩谷と視線を合わせることができない。漂う甘ったるい空気はなんなんだと、この場から逃げ出したくなった。

普段はあまり感情を表に出さないと言われるが、岩谷といると調子が崩れる。赤くなったり青くなったりと忙しい。

「もう平気か？」

「平気だって」

「違う。そっちの意味じゃない」

真剣な口調で言われ、泉はようやくその意味がわかった。

簡単な鍵だったとはいえ、自らに立てた誓いを破ったのだ。そして再び、その高揚感に取り憑かれていた。自分の中で渦巻くさまざまな感情を持て余して一人悶々《もんもん》としていた。だから、岩谷が泉の抱えているものを背負ってくれた。ベッドに誘ったのは、セックスで気が紛れるならという岩谷なりの優しさだったのかもしれない。

「まだ、わからない。わかるわけないだろう」

正直に言ったのは、どうしてだろうか。

この男にだけは弱いところを見せたくないはずなのに、素直に不安があることを認めてしまった。自分の過去を怖がっていることを、知られてしまった。

するとと岩谷は、静かに、そして短く言う。

「そうか」

責任を感じているような声だった。

「今さらなんだよ。どうせ俺が何を思っても、開けなきゃいけないんだろ？　そんな顔されても困る」

「そうだな」

弁当を空にした岩谷はペットボトルの茶をぐぃっと飲み、手の甲で口を拭った。肉食獣の食事を思わせる仕種に、心臓がトクンと鳴る。

岩谷の視線が自分の手に注がれると、なぜかそれを隠したくなるような気恥ずかしさに見舞われた。

「なんだよ？」

「お前……」

岩谷が言いかけた時、テーブルの携帯が鳴った。

助かったのか、そうでないのか。二人の間に漂うなんともいえない空気に戸惑いを覚えていた泉は、自分が緊張していたことに気づく。

このタイミングでかけてくるのは、警視庁にいる岩谷の友人しかいない。

能天気な話し方をする男のことを思い出し、今度は何を言ってくるのだろうと気が重くなった。いつになったらこの面倒な任務を遂行して自由の身になることができるのだろうかと思いながら、岩谷が携帯に出るのをじっと待つ。

だが、岩谷は動かなかった。うるさく鳴っているそれをじっと睨んでいるだけで、少し怖いような、真剣な顔をしているだけだ。

「出ないのか?」

聞くが、すぐには答えてくれない。

携帯はしばらく鳴っていたが、諦めたのかピタリと止まり、それきり黙りこくった。

シンと静まり返った部屋の空気が、痛い。

黙って岩谷を見ていると、ようやく口を開く。

「内通者は、思ったより身近にいる」

「え……」

「あいつも、その候補だってことだよ」

泉は、すぐには声が出せなかった。空になった弁当の箱を買い物袋の中に押し込む岩谷の表情は今までになく硬く、冗談でもなんでもないとわかる。

喉の渇きを覚えずにはいられず、泉はゴクリと唾を呑んだ。

「庄野って、あんたの大学時代からの友達じゃなかったのか?」

「ああ、そうだ」

「信用できる人間だったんじゃないのか？」

「そうだよ」

「だったら……」

「あれから冷静になって考えて、疑わなきゃなんねぇってことに気づいたんだよ。友達だろうが関係ない。それに、まだあいつと決まったわけじゃない。ただ、疑ってるだけだ」

泉を一瞥した岩谷は、難しい顔をしたままタバコに火をつけた。まるで、そうすることで自分の感情をコントロールしているかのようだ。こんな顔をされると、嫌でも緊張してしまう。深刻な事態が起きていると、認識させられるのだ。

岩谷は難しい顔で紫煙をくゆらせ、静かに言う。

「怪しいのは三人だ」

「三人？」

「ああ。あの倉庫を用意したのは、庄野だ。内通者の特定ができてないから、警察内部では奴しか知らないはずだ。上もそれは了承済みで、あいつは倉庫の場所は報告してないと言ってたからな」

「じゃあ……」

「あとは、村山さんと中村だ。車を用意させたからな。車を見張らせて、襲うチャンスを狙っていればいいだけだ。あの二人も口が堅い。どちらかが裏切り者でない限り、情報は漏れない」

パソコンの向こうで、仲良くふざけていた歳の差コンビのことを思い出した。出会ったばかりの頃。友達なんていないだろうと言った泉に対して、岩谷は仲間はいると答えた。一緒にいる中で、あの三人は岩谷にとって特別だということもわかった。

この男は、一度仲間と認めた相手はとことん信じるタイプだ。だが今、それが足元から揺らいでいる。

あの三人を疑っているといっても、簡単なことではないだろう。

「でも、庄野って人なら、あんたを俺のところにやる前に何か手は打ったんじゃないのか？　俺が泉昭三の孫だとわかった時点で、殺し屋を送り込むことだって」

「俺もそう思ったよ。だが、お前より先に鍵師が何人もチャレンジしてる。その時点で何もなかったってことは、最初から内通者じゃなかったってことも考えられる。俺が命令を受けた後に、『ガーディアン』から接触があったってこともな」

「でも、本庁の中の誰かが庄野って人に近づいて倉庫の場所を調べたって可能性だって」

「あいつはそんなヘマをするような無能じゃない。あいつが周りの人間にバレないようにしたと言ったら、バレてないんだよ。長いつき合いなんだ。間違いない」

その言葉から、絶大な信頼を感じた。それだけに、疑わなければならないのは辛《つら》いだろうと想像した。仲間と言える人間がいない泉でも、そのくらいはわかる。

自分が感じたことのない辛さを味わっているのかと思うと、泉も胸が痛む気がした。

「じゃあ、どうするんだ?」

岩谷の信頼している三人のうちの誰かが本当に内通者なら、これから先、どう動くかが大きく変わってくる。

「特定できねぇことには、金庫に近づくのは危険だ。どうにかして、確かめるしかない」

「でもどうやって?」

「探りを入れる。罠を仕掛けるんだよ。尻尾を出してくれりゃいいんだがな……」

落ち着いた口調だったが、岩谷の心の中は穏やかでないに違いない。それでも感情を押し殺して内通者を炙り出そうとする岩谷に、強さを感じた。肉体的なものだけではなく、精神的な強さも持っているのだと……。

泉の視線に気づいた岩谷が、咥えタバコのまま視線を合わせる。

「どうした? 何見惚れてやがる」

「馬鹿言え。あんたなんかに見惚れるわけがないだろう」

「そうか、それは残念だな。熱い視線を浴びてると思ったが、俺の勘違いか」

「当たり前だ」

本当は、岩谷の言う通りだった。

よくふざけたことを口にするが、ときどき見せられる真剣な表情に魅《ひ》かれる。ただいい加減なだけの男じゃない。信頼できる仲間を持ち、そして必要な時は彼らを疑う強さも持っている。

それはある意味、自分が疑われるより辛いことかもしれない。

それでも、課せられた任務のためには己の感情など押し殺すことができるのだ。

「罠を仕掛けるといっても、俺たちも危険だからな。気をつけろよ」

再び真面目な顔で言う岩谷を見て、ふざけたことを言ったのはこの男なりの優しさなのだとわかった。

泉は、命を狙われているのだ。しかも、この短期間に二度も襲われて命の危機に晒された。気を張りつめたままだと、参ってしまっていただろう。岩谷とのやりとりは、実は息抜きになっている。

「わかってるよ」

言いながら、自分のボディガードに選ばれたのがこの男でよかったと思った。他の人間だったら、今頃音を上げていたに違いない。

礼なんて言う気はないが、泉は心の奥で岩谷に対する感謝の気持ちを噛み締める。

「じゃあ、行くぞ」

岩谷は覚悟をするように真剣な顔をし、タバコを灰皿に押しつけて消した。

手始めに罠を仕掛ける相手は、庄野だった。

ホテルを出た二人はなんとか車を手に入れ、庄野からの連絡を待った。二度目の電話が昼前にかかってきて、岩谷が目で『声を出すなよ』と泉に念を押してからスピーカーフォンで電話に出る。

「俺だ」

『岩谷か？』

「ああ」

声を聞いて安心したような溜め息が、電話の向こうから聞こえた。これも演技なのかもしれないと思うと、人を疑うという行為がどれだけストレスになるのか思い知らされる気がする。言葉の裏に何があるのか考えなければならないのは、嫌なことだ。

『連絡が取れなかったから心配したんだぞ。今、どこにいる？』

「悪い。実はなんとか逃げ出せたんだが、車は大破しちまうし、いろいろと大変だったんだよ。ところで、夕べの倉庫炎上はどうなってる？」

『情報はある程度抑え込んだ。岩谷たちのことは外部には漏れてない。ただ、いつまでマスコミを抑えられるかはわからない』

庄野の話によると、倉庫の爆発がテロリストによるものであるとは発表されておらず、中に駐車していた車が炎上したことによるもので、原因は調査中ということになっているという。

インフラ制御システムへのコンピューターウィルス侵入による大停電や浄水システムの不具合も『ガーディアン』によるものだという可能性も出てきているのに、報道ではテロの可能性など一切触れられていなかった。現代人は情報に晒されていると思っているが、それは本当なのだろうかという気がしてくる。

実は、自分たちのような一般人に与えられるそれは、かなりの部分を制御、操作されているのかもしれない。

『だけど、どうしてお前たちの居場所がバレたんだ』

「知るか。ところで、内通者の特定はどこまでできてる？」

『警視庁内部にそれらしき人物はいない。この捜査に関わった人間全部を調べてみたが、どうやっても出てこないんだよ。新宿署の署長にはお前を雑用で借りるとしか伝えてないし、この事件そのものを知る人間は少ないんだ。ただ、本庁のコンピューターに侵入した形跡があった。僕たちがなんの捜査をしているのか、調べられた可能性がある』

それは、事件の詳細について中村に調べさせた時のものだろう。コンピューターに侵入しろと言ったのは、岩谷だ。

もし、庄野が内通者なら、中村を裏切り者に仕立てることだってできる。

「それより、報告しなきゃなんねぇことがある」

『なんだ?』

「泉を見失った」

『見失った⁉』

「ああ。あいつ、俺の目を盗んで逃げ出しやがったんだよ。誰かのために逃亡生活をするような奴じゃねぇ」

少し間をおき、電話の向こうから頭が痛いと言いたげな言葉が返ってくる。

『お前にしては、めずらしいヘマをしてくれたな』

容赦ない言葉だが、長年の友人だからこそ言える台詞だった。しかし同時に、裏切り者だからこそ、思わず零した台詞とも言える。

岩谷は泉のボディガードであるのとともに、泉の居場所を常に把握していられる唯一の人物なのだ。岩谷が泉を見失うことは情報源が断たれるということになる。そう考えると、電話をしてきた時に開口一番こちらの居場所を聞いてきたことにも、裏があるように思えてならない。

やりとりの中から何か手がかりになるものはないかと、二人の会話に集中した。けれども、泉が聞いたところでわかるはずがない。長年の友人である岩谷ですら、どうなのか測りかねているのだ。

『どうするんだ？　金庫を開けるには泉君が必要なんだぞ。腕利きの鍵師にはあらかた当たった。もう彼しか残ってないんだ。今からあれを開けられるようなレベルの技術を持った鍵師を捜すなんて、現実的じゃない』

「大丈夫だよ。あいつの居場所はわかる」

泉は息を呑んだ。ここからが、本当の罠だ。

岩谷は、泉が必ず姿を現す場所があると言って餌《えさ》をまいた。襲うには絶好の場所だ。

『本当にそこに姿を現すのか？』

「ああ、間違いない。あいつは重度の依存症だ。一日我慢すれば立派な方だってのに、丸一日以上キメてない。しかも、今夜を逃すと次は三日後ってことになってる。我慢できるはずがない。逃げ出したのも、クスリ欲しさにだよ」

育ちのよさそうなあの男が、考え込んでいるのが目に浮かぶ。

泉がドラッグの依存症だということにしたのは、いい考えだった。これまでなんの報告もしなかったのは、金庫を開ける代わりにドラッグのことを見逃すと約束したと言えば不自然

（どっちなんだ……）

ではない。単独行動が得意な岩谷なら、なおさらだ。

「俺を信用しろ。その時間に必ず姿を現すはずだ。そこをとっ捕まえる」

これだけの会話で、罠を張られていると見抜くのは難しいだろう。岩谷の演技のおかげか、庄野はすっかり信用してしまったらしい。

頭が痛いとばかりにぼやいてみせた。

『ったく、せめて俺には言っておけよ。麻取が知ったら非難轟々《ごうごう》だぞ』

「黙ってりゃ済むことだ。お前も本庁で大変なんだろうが。余計な秘密を背負わせねぇようにって配慮だろうが」

『お優しい気遣い感謝するよ』

軽く嫌味を言った庄野は、気を取り直したように続ける。

『岩谷。できれば応援を出したいんだが、内通者が誰かわからない今はお前に任せるしかない。なんとしても、お前一人で確保してくれ』

「わかってるよ。俺のヘマだ。自分の尻拭いは自分でする」

『信用していいんだな』

「ああ。じゃあ、また後で」

電話はそこで終わった。

五分程度しか話していないのに、緊張で手が汗ばんでいた。しかも、直接会話をしたのは泉ではなく、岩谷だ。心臓に悪いよ……、と心の中で零し、無意識に躰を硬直させていたことに気づいて力を抜く。

「大丈夫か？」

「え？」

「あいつを騙すんだからな。緊張して当然だ」

こんな時に、よく他人のことにまで気が回るものだと感心した。そして、本当は泉の方がその言葉をかけてやる立場だったのだと気づき、自分なんかが敵う相手ではないと思い知らされる。

男としても、人としても……。

庄野が内通者でもそうでなくとも、今一番辛いのはデリカシーの欠片もなさそうなこの岩谷だ。

「大丈夫だよ。いちいち心配するな」

「いちいち心配したくなるんだよ、お前は」

どういう意味だと岩谷に目をやるが、次の行動に移ろうと立ち上がった岩谷を問いつめる気にはなれなかった。とんでもないことを言われそうな気もしたため、敢えて触れないことにする。

それから泉たちは、売人からドラッグを受け取ると言った場所に向かった。

今まで来た道を泉の店の方に逆戻りすることになるが、裏切り者を炙り出すためにはこの程度のロスは仕方がない。もし、ここで内通者を特定できれば、テログループに警察の動きが漏れることもなくなり、銃を携帯した警察官たちに護られながら現場まで向かうことができる。しかも、テログループに偽の情報を流し、その間に金庫に近づくことも可能だ。

そうなれば、一気に解決する。

そして午後十一時——。

二人は、外灯のほとんどない、薄暗くて狭い路地を宿泊所の部屋の中から見張っていた。

そこは簡易宿泊所が集まる場所で、高度経済成長期に栄えた日雇い労働者の街だ。しかし、ここ数年でこの辺りの様子はすっかり変わってしまった。

日本のアニメが海外で注目されるようになってからというもの、激安で旅行をしようという若い外国人の姿も多く見るようになった。宿泊所も昔のような悪環境のタコ部屋とは違い、空調設備は整っている。また、カプセルホテルのようなところも増え、若い女性の姿もめずらしくなくなった。

とはいえ、同時に物騒な雰囲気を漂わせている場所もまだ多く、いかにもドラッグの売買が行われていそうな場所もあちらこちらに見られる。

「そろそろ動く頃じゃないのか？」

「ああ。もしあいつが内通者ならな」

距離はあるが、取引場所と伝えたところは二人の部屋からは見通しがよく、人気もないため監視しやすかった。さらに別の通りからは陰になっており、中まで入ってこなければ路地の様子はわからない。また、遠くから監視したり狙撃したりできるような高い建物もなかった。

もし泉を狙う人物がいれば、必ず見つけられるだろう。動く者がいない夜は、たとえ相手が人殺しのプロでも待ち伏せしている二人の目を盗んで動くことは難しい。

先回りし、岩谷より先に泉を捕まえようとするなら、そろそろ行動を起こすはずだ。

その瞬間を待ち、ひたすら目の前の路地を睨み続ける。

「そんなに力んでやがったら、疲れてもたねぇぞ」

岩谷を見ると、畳の上に胡座《あぐら》をかいたまま微動だにせず窓の外をじっと見ていた。これまで幾度となく張り込みなどをしてきたのだろう。まったく苦にならないという顔をしている。

「俺がずっと見張ってるから、お前は寝てろ」

「そんなことできるわけがないだろう」

「抱っこしてやんねぇと眠れねぇか？」

「……っ」

突然何を言い出すのかと思い、冗談じゃないと怒鳴ってやろうと思ったが声にはならなかった。思いのほか、泉の反応が顕著だったのだろう。軽く笑ってこう言う。

「冗談だよ」

余裕のあるその表情に心臓が軽く跳ねるが、再び窓の外を見た岩谷の目は獲物を狩る獣のそれになっていた。些細《ささい》な変化でも見逃すまいとする目つきは鋭く、岩谷が新宿界隈《かいわい》で有名な刑事だというのも納得できた。

自分が狙った悪党は、とことん追いつめてやるという執念を感じる。獲物が来るまで、何時間でも待っていられるだろう。野生の獣の中にも、そういうのはいる。じっと身を潜め、息を殺し、牙《きば》を砥《と》いでその時が来るのを待っているのだ。誰も、逃げられない。

たとえそれが庄野でもだ。

それから、どのくらい経っただろうか。

暗闇に人影が現れるのが見え、泉は息を呑んだ。外にいる人間に泉の息遣いが聞こえるはずなんてないのに、つい息を止めてしまい、躰を硬直させる。

人影が小さな街頭に照らされて浮かび上がった。

酔っ払いだった。千鳥足でフラフラと歩いている。しかし、酔っ払いに扮して様子を見に来たという可能性も否定できず、二人はその様子を観察していた。

男は一度路上で立ち小便をするとまた千鳥足で歩いていき、簡易宿泊所のある方へと消えていった。特に周りを観察するでもなく、誰かに合図をしたりする仕種も見られない。

「違ったか……」

ポツリと言う岩谷の声からは、落胆は感じられなかった。ただ、事実を口にしただけだという印象だった。

それからさらに待ってみたが、結局、現れたのはその男だけで、他に怪しい動きをする者はまったく見られなかった。夜が明ける様子を、なんとも言えない気持ちを抱えたまま眺める。

一晩中張り込みをして得られたのは、疲労だけだ。

「誰も現れなかったってことは、庄野って人じゃなかったたってことか」

溜め息交じりに言うと、厳しい言葉が返ってくる。

「いや、そうじゃない。餌に喰いつかなかっただけだ。罠だと気づいて何も行動を起こさなかったとも考えられる。まだ、あいつが裏切り者だという可能性は残ってるよ」

それを聞き、泉は深く項垂れずにはいられなかった。

「ってことは、誰かが尻尾を出すまでこんなことを続けなきゃいけないってことか?」

「そんな悠長にコトを運んでる暇があればいいがな。タイムリミットも近づいてる」

つまり、窮地に立たされているということだ。まさに、八方塞がり。

気が遠くなりそうで、つい楽な方に逃げたくなってしまう。

「本当にあの三人の中に内通者がいるのか？　あんたが警戒しすぎなだけ……」

泉の言葉を遮るように、岩谷の携帯が鳴った。まるで泉の言い分が間違っていると言いたげなタイミングに、緊張が走る。

岩谷も何か感じているようで、泉と目を合わせてから携帯に手を伸ばした。スピーカーフォンにすると、聞き覚えのある声がする。

『先輩？　俺です』

中村だった。

「どうした？」

『おはようございます。今どこにいるんです～？』

いつもと変わらない能天気な態度だが、今の二人にはその明るさが逆に緊張を走らせた。一度疑い始めると、すべての言動が疑わしく思えてくる。何気ない問いかけも、裏があるように思えてならない。

「朝っぱらからどうした？　何かあったのか？」

『実はちょっと困ったことに……』

「なんだ？」

『俺、もしかしたら疑いかけられてるかもしれないです』

直球すぎる言葉だった。さすがの岩谷もこう出られるとは思っていなかったらしく、厳しい表情で携帯を睨んでいる。

「どういうことだ？」

『先輩に言われて本庁のパソコンに侵入したの、俺だって疑われてるみたいなんですよ。痕跡は残してないはずですけど、庄野さん、何か言ってませんでした?』

これは自分が岩谷に疑われているかどうか確かめるための揺さぶりなのか、それとも単に庄野が調べを進めているだけなのか——。

どちらとも取れるだけに、どう判断していいのか迷うところだ。

『もし、バレたら庇《かば》ってくださいよ~。ちゃんと証言してくださいね』

「当たり前だろうが。で、用事はそれだけか?」

『いえ。実はちょっと見てもらいたいものがあるんです。どこかパソコンに繋げられるところないですか?』

見せたいものとはいったいなんなのだろうか。岩谷は少し考え込んでから、静かに言う。

「わかった。探してこちらから連絡する」

『じゃあ、連絡待ってますね』

電話はそこで終わった。結局、何を見るためにパソコンに繋ぐ必要があるのかは聞いていない。しかし、岩谷が聞きそびれたということはないだろう。

「もしかしたら、罠かもしれねぇな」

「罠?」

「ああ。あいつが罠を仕掛けてきたんなら、かかったふりをしてやる。どうせこっちも仕掛けなきゃならなかったんだ。とりあえずあいつの言う通りに動くぞ」

どういうことなのかまだよくわからなかったが、促され、泉は黙って岩谷についていった。


それから一時間後、二人はインターネットカフェにいた。庄野には、泉は現れなかったと言って嘘の報告をし、数日中には必ずドラッグを買いに現場に来るはずだと言ってなんとか二日の猶予を貰《もら》った。

『この件はここだけの話にとどめておくから、二日以内に必ず捕まえるんだ』

「わかってる。それよりコンピューターに侵入された形跡があるって言ってたのは、どうなった？」

『ああ。なかなか足跡が辿れなくてね、この件を知っている者の中でそんなことができる人間は限られてるから目星をつけて探ってもいるんだが、他人に頼めばできるわけだし。まだ特定までいたらない』

「急げよ」

それだけ言って電話を切り、次に中村に連絡を取った。せっかくネットの環境が整っているのだからと、ウェブカメラを使ったボイスチャットでやりとりしようということになる。

すべて、中村の言う通り。

しばらくすると、パソコンのモニターにウェブカメラの映像が写し出された。前に見た時と同じだ。署内の一室らしき部屋が映し出され、中村はその中にいる。

『村山さんが顔を見たいって言ってたから、呼んできますね～。ちょっと待ってください』

中村はいったん画面から消えると、一分も経たないうちに再び現れた。初老の刑事もアンパンをほおばりながら画面に入ってくる。左手には牛乳パックを握っていた。

村山は孫がプレイしているゲームに興味を示した爺のように、画面を覗き込んでから手を振る。

『村山さん、こっちがカメラですからね』

『お～、岩谷か～？　久し振りだなぁ、生きてたか～？　今どうなってる？　こっちに情報が下りてこないんだよ～』

相変わらず、緊張感のない二人だ。もしかしたらテログループに通じているかもしれないと思うと、複雑な気がした。こうして話をしている限り、ただの能天気な凸凹《でこぼこ》コンビにしか見えない。

泉は再び、本当にどちらかが裏切り者なのかと疑い始めていた。

やはり、あの倉庫の襲撃はどこかから『ガーディアン』に漏れただけで、濡れ衣ではないのか。内通者は他にいるのではないかという気持ちの方が、大きくなっていく。

いや、ただそう思いたいだけだ。

テログループに通じていた仲間が誰なのかわかった時、岩谷がどんな顔をするのだろうかと思うと、そんな瞬間は見たくないという気持ちがどこかにある。

「他の奴らに聞かれないよう注意しろよ」

『大丈夫ですよ。ここは俺しか使わないし。それより、今どの辺にいるんです？　だから日頃からGPSつきの携帯にしてくださいって言ってるのに』

「あんなもんついてたら、嫉妬《しっと》深い嫁さんに浮気を疑われてるみたいで嫌なんだよ」

『そんなことを言うのは、先輩だけですよ』

『まー、俺も嫌だがな。常に自分のいる場所がわかるなんて、プライベートもクソもない』

『村山さんまで～』

二人は、前に見た時と同じように顔を見合わせて笑っていた。しかも、村山が牛乳を飲もうとストローを突っ込むと、その先から牛乳が飛び出してキーボードに落ち、中村が大騒ぎを始める。

『だからいつもパソコンの前でパックの飲み物を開けないでくださいって言ってんのに～』

『すまんすまん。牛乳はパックじゃないと飲んだ気がせんでな～』

『もー、岩谷さんからも言ってくださいよ』

中村は慌てた様子でティッシュを抜き取り、一生懸命キーボードを拭き始めた。子供がお気に入りのおもちゃを汚されたようだ。刑事だが、今時の若者らしい一面も持っている。

「それで、見て欲しいもんってなんだ?」

『ああ、そうそう。動画ファイルを上げときました。そこにアクセスしてダウンロードして見てみてください』

「なんのファイルだ?」

『実は本庁の捜査が泉さんの店に入った後、こっそりカメラを仕掛けてみたんです。もしかしたら、誰かが探りに来るかもしれないと思って。それで、何人か写ってました』

確かに内通者を洗い出すには、いい手だった。不審な行動をしている人間がいれば、ある程度的を絞って調べることができる。

画像ファイルをダウンロードして開くと、そこには泉の店が映っていた。

『ちょっと不審な動きをしてる人がいるんですよね。映りが悪くて、俺らでは本庁の人かどうか確認できません。先輩の方でわかるといいんですけど。店のお客さんって可能性もあるし、泉さんにも見てもらってください』

早送りで該当の箇所を見ると、確かに不審な動きをしている男が映っていた。店の中を覗き込み、辺りを見回してから中に侵入している。だが、誰なのかは岩谷もわからないようだ。

店の客かどうか目で問われ、泉は首を横に振った。少なくとも常連ではない。

しかし、しばらく見ていると男が躰を反対側に向け、背中から右腕にかけて彫りかけのタトゥがあるのがわかった。七割ほどが未完成だ。

泉のデザインではないが、タトゥ・アーティストには資格が必要ないため、衛生管理が行き届かずトラブルを起こす者も少なくない。施術後の消毒などが十分でなく、途中で別のアーティストのところに行くケースもある。

泉のところにも、何度かそういう客が来たことがあった。

『じゃあ、その類《たぐい》ですかねぇ。怪しい動きをしてると思ったんですけど、ついでに何か盗むつもりだったのかも。ドアの鍵は壊れたままだから、入ろうと思えば誰でも入れるし』

落胆を隠せない中村を見て、裏切り者だとは思えなかった。だが、演技でないとも言い切れない。

「もう少しここで画像を見てみる。何かわかったら、携帯に連絡してくれ」

『了解です。実は引き続き録画してるんで、また何かあったらファイル上げておきますから、どこかからまた繋いで動画を見てください。……ところで、先輩大丈夫ですか？　これでも心配してるんですよ』

『そうだそうだ。一人で背負い込むなよ。なんなら、わしが加勢しに行ってやるぞ。お前より、人生経験は長いんだ。逃亡犯の心理もよく知ってる。見つからない逃げ方もな……』

ふざけてばかりの人たちだと思っていたが、二人の表情はこれまでになく真剣だった。それを見て、良心が疼く。

「ああ。大丈夫だ」

『ちゃんと、生きて帰ってこいよ』

『先輩は殺しても死なないタイプですけど、俺たちもできる限りのことはしますから。本庁のパソコンに侵入した件も、バレたら庇ってもらわなきゃいけないんですからね』

「わかったよ。じゃあな」

通信を切ると、ほんの今まで騒がしかった個室の中が静まり返った。パソコンのハードディスクのファンが回っている音が、微かに聞こえていた。空調は効いているはずなのに、背中が汗ばんでいる。

空気が、なんとも重かった。

「今のが、中村って人の仕掛けてきた罠だってのか？　今のでどうやって俺たちの居場所を特定できるっていうんだ？」

「さぁな。だが、あいつが内通者なら何か仕掛けている可能性はある。わざわざ指定のアドレスにアクセスさせて動画ファイルをダウンロードさせたのは、ＩＰアドレスを特定するためかもしれない。解析つけりゃ、簡単にわかる」

「それで場所を特定できるのか？」

「いや、捜査機関なら可能だが、個人では無理だろうな。だが、図書館や公共の施設ならわかる場合がある。あいつはまた動画を上げると言った。俺たちが場所を特定できるＩＰで繋ぐまで、何度もアクセスさせる気かもしれねぇしな」

「そんなまどろっこしい真似……」

言いながら、しないとは言い切れないと思った。目的のためなら、砂漠の中から一粒の砂を探し出す努力もするだろう。テロリストとは、そういうものだ。

「それに、ネットカフェもある程度割り当てられてるＩＰの幅があるんだよ。大体の場所を特定して前もってＩＳＰから情報を抜いてれば、それと照らし合わせて店を特定することは不可能じゃないと聞いたこともある。こういうことが得意じゃない俺でも、こんだけ考えつくんだ。あいつなら他にも何か仕掛けてるかもな。どちらにしろ、村山さんには無理だ」

確かに、いつまでもウェブカメラではなくパソコンのモニターばかりを覗き込んで話しかけてくる初老の刑事にはできないだろう。それに比べ、本庁のコンピューターに侵入できるほどの中村なら、いくらでも策を講じられる。

また、そこまでして二人の居場所を特定する理由はただ一つ。

泉を殺すためだ。

「でも、今日明日襲ってきたからといって、中村って人が内通者と決めつけていいのか？」

言うべきか迷いながらも、泉はそんなことを口にしていた。岩谷が自分を見ているのがわかり、ほんの今まで中村たちが映っていたモニターを凝視する。

「たまたま俺たちの居場所を見つけた『ガーディアン』が、偶然このタイミングで襲ってくることだって……」

馬鹿なことを口にしている自覚はあった。実際に会ったことのない泉の方が、裏切り者じゃないと信じたくて仕方ないというようなことばかり言うのが、おかしかったのだろう。

目が合うと、岩谷は口許を緩めた。

「なんだ？　あいつが内通者じゃ困るみてぇだな」

「別にそんなこと……」

そう言って再び視線をモニターにやる。

(そんな顔で見るな)

心の中で訴えるが、岩谷の視線が他に向いても心臓の鼓動はしばらく速いままだった。

それから二人は部屋を出ると、店員に警察手帳を見せ、自分たちを捜しに誰かが来たら連絡をするよう伝えてから店を出た。内通者が中村ならここを突き止め、二人がまだいるのか、そしていなければ二人がどこへ向かったのか店員に聞きに来るだろう。

中村本人でなくとも、組織の人間が姿を現すはずだ。

「とりあえず、あの店に入るぞ」

ネットカフェの出入口が見える向かいのビルに、朝まで営業している居酒屋があり、個室に入って道路に面した窓から張り込みをすることになる。

「寝られるなら寝ていいからな。座布団重ねて枕にしろ」

「あんたは？」

「俺は適当に休んでるからいいんだよ」

どこまでタフなんだろうと感心し、どうせ自分が何を言っても無駄だろうと食事を取った後軽く睡眠を取ることにする。しかし、疲れているのに睡魔は降りてこなかった。神経が張りつめているからだろう。

結局、二人とも起きたまま待つことになったが、受付に連絡を入れてもそれらしき人間は来ていないと言われただけだった。出入口の付近で怪しい動きをする人間も見られない。居酒屋の閉店時間まで待っても同じだった。念のため場所を移動してさらに待っても、結果は変わらない。

そして、午後二時過ぎ――。

「そろそろ行くぞ」

見切りをつけた岩谷が、立ち上がった。だが、疑いが晴れたわけではないだろう。庄野と同様、可能性はまだ残っている。

「気をつけろよ。こっちが見張られてる可能性もあるからな。合図するまでそこにいろ」

周りに不審者はいないか警戒し、安全を確認してから外に出た。念のためエレベーターには乗らず階段を使う。

外は、蟬《せみ》が鳴いていた。

立っているだけでも汗ばむほどの真夏日で、ねっとりと絡みつくような不快な空気に包まれている。子供の頃の夏もこんなだっただろうかと思い、祖父のことを思い出した。

夏休みになると祖父の仕事についていき、鍵開けのテクニックを学んだものだ。

まさか、その技術のせいで二十七になった自分が刑事と逃亡生活をするなんて、あの頃は想像もできなかった。

(さすがに疲れたな……)

あと少しだと、自分に言い聞かせて気力を保つ。

二人は再び車で移動を始め、二時間後にはどこか懐かしさを感じる景色の広がる場所へと辿り着いた。中村からの連絡は、まだない。

「大丈夫か?」

「ああ。でも、どこに行くんだ?」

「試してみたいことがあってな」

「試してみたいこと?」

「ああ、IPで思いついたんだよ。IPを使った手だと中村にしかわからないが、通信することで村山さんだけが居場所を特定できる手が一つある。アナログだけどな……」

「まぁ、早い話が電話だ。この辺りは、村山さんがよく通ってた場所でな。あの人にとっては庭みたいなもんだよ」

「通信って……？」

町工場が立ち並んだその場所には、昭和の匂いが漂っていた。おそらく、自動車の部品や精密機械などに使う部品を作っているのだろう。日本の高度経済成長を支えてきた技術は、今は買い叩かれ、ひと山いくらで売り買いされている。

「あの工場だ」

岩谷は車を停め、しきりに時計を気にしながら歩いていった。何も聞かずに成り行きを見守った方がいいと黙って後をついていくと、このタイミングを待っていたとでもいうように電話を入れる。

「ああ、村山さんか？　昨日の件だが……」

岩谷はそう切り出し、ビデオのことを話し始めた。よく見直してみると本庁に似た男がいることに気づいたと、デタラメを言って話を引き伸ばす。

その時、工場の方から音楽が聞こえ始めた。工場が業務終了時に流す合図だ。

ＣＤではなくカセットテープを使っているようで、音質は悪く、ところどころテープが伸びているのがわかる。時折聞こえる歪んだ音はどこか懐かしく、子供の頃の夏休みを思い出させた。

泉が子供の頃は、小学校の屋上から流れる夕方五時の音楽は、ドヴォルザークの交響曲だった。『遠き山に日は落ちて』は、すっかり家に帰る時間の合図なのだというイメージがついてしまっている。

「じゃあ、その件は中村に頼んどいてくれ。実は車が動かなくなってな、車を調達しねぇとなんねぇんだが、泉の奴が熱出しやがって、今おぶって歩いてるんだ。ああ、そうだ。ったく、タクシーも捕まんねぇし、なんで俺ばっか貧乏くじ引かされんだ」

軽い愚痴を零し、最後にビジネスホテルらしい看板を見つけたと少し声を声を弾ませ、そこに泊まると言い残して電話を切った。

「今ので俺たちの居場所があの人にわかるのか？」

「ああ。あの工場はな、昔起きた殺人事件の被害者が経営していた工場で、今は奥さんが切り盛りしてる。本庁はとっくに諦めた事件を、村山さんは時効になるまでずっと一人で追っててな、何度も足を運んでるんだよ。申し訳ないと言ってた」

岩谷は、憂うような表情をしてみせた。この男がこんな顔をするなんて少し驚きで、何も言えずにじっと話に耳を傾ける。

「俺は一回来たことがあるだけだが、村山さんは俺が来たことは知らない。あの伸びたテープの音楽を聴いて、村山さんが懐かしがっていたと奥さんが言ってた。何度も通っているうちに、刷り込まれてるはずだ。村山さんなら、必ず気づく」

音楽は終業のサイレン代わりによく使われるものだが、確かに何度も通っていれば伸びたテープの音を聞いて閃くはずだ。この場所が、脳裏に浮かぶに違いない。

それともう一つ、岩谷は自分たちがいる場所を特定できるヒントを与えた。

「この辺りでビジネスホテルといったら……」

「ああ、一箇所しかねぇんだよ。熱を出した男をおぶって歩いてるなら、まずそこに行くだろうな」

互いを知り尽くした仲間だからこそ、仕掛けることのできる罠。

皮肉なことだが、それが現実だ。

今夜こそ、テロリストが自分たちを捜しに姿を現すかもしれない——そう思うと身に迫る危険に恐怖を感じるが、それ以上に泉の心を占めているものがあった。

誰も、内通者であって欲しくない。

岩谷の頼り甲斐のある広い背中を見ていると、なぜかそう思わずにはいられなかった。


再び、朝がやってきた。

何事もなく、平和な一日が始まる。すでに気温は上がり始め、太陽の光は朝のそれとは思えなかった。ジリジリと照りつける太陽は、すべてを焼き尽くすような勢いで地面を照らしている。

結局、村山に仕掛けた罠も不発に終わった。

ネットカフェの時と同じように、ビジネスホテルの従業員に手帳を見せ、自分たちを誰かが捜しに来たら連絡するよう頼んでおいたが、電話は鳴らず、こちらから電話をしてもそんな人間は来なかったという答えが返ってきただけである。念のため出入口を張り込んだが、中に入っていった客は皆朝まで出てこなかった。

これから仕掛けてくるとは、考えにくい。中村から新しい動画を上げたという連絡もなく、新たな動きはなかった。

内通者をなんとか炙り出したかったが、費やした三日間は無駄に終わったことになる。

敵の方が一枚上なのか、それともただ単に三人の中に内通者がいないだけなのかは、わからない。できれば後者であって欲しいが、三人とも怪しい言動はあった。

泉を見失ったと言った時の、庄野の容赦ない態度。自分が疑われているかもしれないという、中村の直球すぎる言葉。ウェブカメラでやりとりをしている時に、自分が加勢してやると言った村山の言葉すら、十分怪しいと言えるものだ。

考えれば考えるほど、わからなくなる。

「結局、わからずじまいだな」

「ああ。いつまでも同じ場所にいるのは危険だ。とりあえず移動するぞ」

泉たちは、そこを出て車で移動を始めた。無言の時間は重く、口を開く気になれない。

岩谷からも、疲れが見えている気がした。

もちろん、肉体的な疲労は二人ともピークに達している。緊張の続く逃亡生活に加え、張り込みもかなりの負担になっていた。

ただ起きているのとは違う。すべてのことに神経を張り巡らせながら見張っていなければならないのだ。昼間に仮眠を取っているとはいえ、緊迫した時間に神経のすり減り方は普通では考えられないほどのものだ。

正直なところ、もう一度同じことをやれと言われてもできる自信は泉にはない。

しかし、それだけで岩谷はこんなふうにならないだろう。

信頼している者を疑わなければいけないことへの、精神的疲労もあるのかもしれない。三人は、岩谷にとって仲間と言える存在だ。たとえ口では平気だと言っても、心の中はわからない。

泉たちは、もう一度作戦を練り直すために、二駅ほど車で行ったところにある安ホテルに身を寄せた。途中、必要なものと食べ物を買い込んで部屋で軽く食事を済ませる。

シャワーを浴びたが、気分は晴れず、躰の疲れもあまり取れなかった。

部屋に入って泉は二時間ほど仮眠を取ったが、岩谷は一睡もしていないようで、目を覚ました時はいつでも出かけられるよう準備は整っている。

「疲れは取れたか？」

「まぁまぁ。あんたも寝たらどうだ？」

「いや、いい。もうすぐ出るからな」

泉は、なんて声をかけていいのかわからず、ソファーに移動してそこに座ったまましっとしていた。しばらく考え、そしてようやく声をかける勇気が出てくる。

「なぁ」

「なんだ？」

「仲間を疑うのは、辛いだろ？」

その言葉をどう思ったのか、向かい側のソファーに座っていた岩谷は、タバコを咥えたまま泉をじっと睨むように見ている。

なぜか緊張するのを感じながらも、言葉を選びながら遠慮がちに言った。

「俺には仲間なんて呼べるような奴はいないけど、あんたは大事にしてるだろ？　それはわかるよ」

そこまで言って、軽く息を吸う。どうしてこんなに緊張しているのか、自分でもよくわからなかった。ただ、注がれる岩谷の視線を感じる部分が、チリチリと熱くなるのだ。

ってしまう。

（見るなって……）

話しているのだから、泉を見るのは当然のことだ。それでも、見ないで欲しいと思ってしまう。

「無理してるんじゃないのか？」

「俺がか？」

「まぁ、あんたはそんなにデリケートじゃないだろうけど」

何を言いたいのか、自分でもわからなかった。

言うんじゃなかった……、と後悔しながら、この気まずい空気をなんとかしてくれないかと、誰にともなく訴えた。今の会話を、なかったことにしてしまいたい。

「阿呆《あほ》」

「……っ」

「気ぃ使いやがって」

「別にそんなつもりは……」

「あいつらは信用してる仲間だ。大事な奴らだよ。でもな、もしテロリストなんかと通じてやがったら、その時はぶん殴って刑務所にぶち込んでやるよ」

岩谷の言葉には、覚悟があった。本気だとわかる。

信じているからこそ、もし間違った道に走ったのなら、自分の手で逮捕してやろうというのだろう。それは、岩谷が仲間を裏切らない人間だからだ。仲間を裏切ることがどんなことなのか、よくわかっているからに違いない。

「あんた、本当に強いんだな」

本音が漏れ、余計なことを口走ったと慌てて口を噤んだが、遅かった。

「惚れ直したか？」

「もともと惚れてなんかない。どうしてそう自信家なんだ」

「ふ〜ん、そうか？　俺の肉体美を見て涎垂《よだれ》らしてやがったくせに……」

「作り話をするな」

なんて男だろう。

身近な仲間の中に裏切り者がいるかもしれないという状況で、しかも、その誰かが特定できずにタイムリミットも迫っているという窮地の中、よくそんな軽口が叩けるものだ。やはり非常識な男は違うと思うが、泉の動悸《どうき》は収まらない。

「お前は可愛いよ」

頭をくしゃっとされて、目許が少し染まる。こんな扱いを受けるような歳ではないのに、岩谷が相手だといつもの自分が保てない。

「まぁ。正直なところ、まったく平気ってわけじゃない」

「何を今さら」

「本当だよ。あの三人は特別だ。俺が命をあずけられると思った奴らだからな。間違った道に走ったなんて思いたくねぇ。情けねぇが、お前が言ってくれるほど強くはねぇんだよ」

それは、一瞬だけ見せた岩谷の弱さだったのかもしれない。

覚悟をしていても、揺れることはあるのだ。岩谷でも、絶大な信頼を置いた相手の裏切りを平気だと思えるほど、完璧《かんぺき》な強さを持っているわけではない。

「お前を護る立場だってのに、気を使わせるなんて、ボディガード失格だな」

再び目が合い、泉は言葉を失った。

「別に……気なんか、使ってない」

「慰めてくれるんだろう?」

「誰もそんなことは……」

「さっき、そんな面してただろうが」

岩谷はタバコを灰皿に押しつけてから立ち上がり、泉に近づいてきた。素早い動作でもないのに、なんの反応もできずにただじっと岩谷を見上げていることしかできなかった。

「何惚《ほう》けてやがる」

言いながら自分の膝を泉の膝の間に差し込むようにして、ソファーに体重をあずける。そして、泉が逃げられないようその背もたれに手を置いた。

喉の渇きを覚え、ゴクリを唾を呑む。

これ以上、後ろに下がることはできないのに、泉はソファーの背もたれに背中をぴったりとつけて躰を硬直させた。なぜ、こんな状態になるまでなんの行動も起こさずに岩谷を見ていたのだろうと、己の愚鈍さを思い知る。

その時、携帯が鳴った。

この場面でかけてくるのは、甘いマスクをした警視庁の男だろう。

「で、電話……」

こんな時に何をしているんだろうと思うが、男の色香を振りまきながら自分を襲う岩谷に抗えるはずもなかった。なんとかこの状態から抜け出そうとするが、岩谷はじっと真正面から泉を見たまま目を逸らそうとはしない。電話はまるで岩谷に『そんなことをしている場合か』と警告するように鳴り続けている。

けれども、声は届いていないようだ。

「仲間を疑わなきゃならない俺の気持ちを察してくれてるんだろう？」

「何を……、――ぅん……っ」

いきなり唇を塞がれ、泉は躰を硬直させた。しかし岩谷の舌が優しく唇を舐め、驚いた瞬間を狙ったかのように今度は歯列を割って口内に侵入してくる。

岩谷のような男のキスとは思えないほど優しく、躰から力が抜けていった。

「うん、……んっ、……んぁ、……ふ」

戯れるように吸われ、唇を軽く嚙まれたかと思うと、また舌で口内を嬲られる。どうしようもなく息があがり、下半身は熱に包まれた。躰が疼き出すのが自分でもわかり、なぜこんなにも蕩けているのだろうと不思議に思う。

「馬鹿、やめろ……」

唇が離れた瞬間、顔を背けて岩谷の躰を押し返したが、焦るあまり声が上ずっていた。それは岩谷もわかったようで、軽く口許を緩める。

その表情は、男っぽい色香に溢れていて、心臓がトクンと跳ねた。

これほどの色香を滴らせて襲いかかってきた男は、今までいなかった。

ただ外見がいいだけではない。そそる肉体をしているだけではない。岩谷という男のすべてが、泉を魅了していた。逃げられないほどしっかりと、摑んでいる。

「電話、出ろよ」

そう訴えるが、岩谷は耳を貸そうとはしなかった。

「お前を刑務所の中で女にしたのは、どこのどいつだ？」

「何急に……」

「どんな奴だった？」

なぜ、今そんなことを聞くのか、まったくわからなかった。この状況でこんなことに耽《ふけ》っていられる神経も、わからない。だが、問いつめられると恥ずかしくなってきて、自分が塀の中でしてきたことを責められている気がしてきた。

しかも、岩谷は本気ではなく、戯れにそんなことを口にしているだけである。

逃亡生活が始まってすぐ、岩谷から逃げようとショップで若い男に声をかけた時のことを思い出さずにはいられない。

金庫を開けるのが嫌で、岩谷の目を盗み、逃げる手助けをしてもらおうと車で店に入った男に声をかけた。だが、あっさりと見つかってしまったのである。

『遅いと思ったら、こんなところで男漁りか。お前はどこまでも男好きだなぁ。俺一人じゃ満足できねぇか』

ヤクザの情夫《いろ》のような台詞を口にする岩谷に男は驚いて逃げていったが、忌々しく思う反面、泉はどこかで違うことを感じていた。

こんな男になら、囲われてもいいと思っていたのだ。あの時から、岩谷の牡の色香にやられていたのかもしれない。

「最後までしねぇよ」

「あ、当たり前だ……」

中心に触れられ、躰が小さく跳ねる。

「ちょっとの間、忘れろ。俺も忘れる」

「……っ」

このところ、緊張の連続だった。

命を狙われ、逃亡生活に入り、ボディガードの岩谷の身近に内通者がいるかもしれないなんて疑惑が生じた。警察すら頼ることができない状況なんて、普通に生活している人間にはあり得ないケースだ。

そして岩谷は、泉の命を護るという重大な任務を背負わされている上、大事な仲間を疑わなければならないという精神的負担も抱えている。

肉体的にも精神的にもタフな男に違いないが、まったく平気なはずはないのだ。心の中では、激しい葛藤《かっとう》が繰り広げられているのかもしれない。

だから、今だけは——。

「ぁ……、……はぁ……っ」

直接握られて、泉は熱い吐息を次々に漏らした。岩谷の無骨な手は泉を包み込み、優しく嬲る。親指の腹でくびれをなぞられると、爪先まで微弱な電流が走ったようになり、小刻みに躰が跳ねる。

「ぁ……っ、あ、……っ」

唇を噛んで声を漏らすまいとするが、油断するとすぐに唇の間から溢れてしまう。溺れているような気分で愉悦の海に身を沈めた。

ゆっくりとソファーに押し倒されると、欲望を抑え切れる自信がなくて、本音とは違うことを口にする。

「馬鹿……っ、最後まで、……しないって」

「ああ、しねぇよ」

そう言いながらも、岩谷は泉に体重をあずけてきた。男に乗られる感覚。鍛え上げられた肉体が持つ重さ。

乗られただけで、スイッチが入ってしまう。

したい。

男を後ろに咥え込み、味わいたい。

いや。男じゃない。岩谷をだ。

岩谷の逞しい腰つきを、もう一度味わいたかった。乱暴に抱いて欲しかった。自分が置かれた過酷な状況を一時的に忘れようとしているのではなく、純粋に欲しかった。

今がどんな状況でも、その気持ちは変わらない。

「おい」

「……ん、……んぁ、……あぁぁ」

「我慢、できねぇか？」

耳元でクス、と笑われ、泉は閉じていた目を開けた。視線を合わせたが、視界が涙で歪んでいる。

「どうした？　最後までしたいのか？」

言葉にできないでいると、岩谷は泉が身につけているバスローブの中に手を入れてきた。

「してもいいのか？」

「――ぁあ……っ！」

指が、蕾を押し広げて中に入ってくる。

してもいいかと聞いているが、岩谷はすでにするつもりだ。それがわかり、泉は甘い期待と悦びに躰を震わせた。なんて浅ましいのだと思うが、自分の中で身をくねらせる飢えた獣を抑え込むことは不可能だ。

「――っく、あっ、……はぁ……っ、……あ、……ぁあ……ん、……んぁ」

自分の声が、次第に甘ったるいものへとなっていくのがわかる。

岩谷が指を入れたまま、空いたもう片方の手で自分のスラックスのベルトを外すのがわかり、それだけで泉の先端は濡れそぼった。

早く、と言いそうになるのをなんとか堪える。

「んん……っ、んっ、……ふ、――んぁあ……っ！」

口づけられながらあてがわれたかと思うと、欲しかったものをいきなり与えられ、泉はソファーを摑んで爪を立てた。岩谷の太さに戸惑いながらも、深々と受け止め、喉をのけ反らせて味わう。

戸惑う心とは裏腹に、泉は次々と男を喰らう娼婦《しょうふ》のように岩谷を締めつけた。

「んっ、ぅん、……ふ、……んぁ、あ、……は、――あぁぁ……、あ、……はぁ」

一定のリズムで自分をやんわりと突き上げてくる優しい獣に、泉は溺れた。繋がった部分は熱く、蕩けてしまいそうだ。

なんて優しく貫くのだろうと思った。あまりに自分を翻弄し、魅了してくれる男に対して恨めしくなるほど、凄絶な快楽に襲われる。

震えるほど感じた。

「俺のが、……そんなに、好きか?」

舌なめずりしながら聞いてくる岩谷に、見惚れずにはいられなかった。食事を愉しんでいるような視線に、このまま息の根を止めて欲しいと思った。

好きだ。

泉は自分の中から溢れる感情に溺れそうだった。

逞しくそそり勃《た》った岩谷の雄々しい男根も、岩谷自身も好きだ。自分勝手でデリカシーがないだけの男だと思っていたが、本当は違うと知ってしまった。人間臭く、今まで出会った他の誰よりも泉の関心を引きつける。

繋がったばかりだというのに、達きたくてたまらなかった。熱いほとばしりを奥に感じながら、高みに上りつめたい――。

「もう、達くのか？」

泉の反応からそれがわかったのか、岩谷が熱っぽい視線を注ぎながらそう聞いてくる。からかうような言い方に、この男には敵わないと思い知り、観念した。

「達きた……、……ぁ、……達きた……、……ぁあっ」

訴えると、岩谷の動きはいっそう卑猥《ひわい》に、そして力強くなり、泉を狂わせる。

「んぁ、あ、……ひ……っ、……っく、……んぁ」

リズミカルに腰を打ちつけられ、岩谷の背中にしがみついた。ぎゅっと抱き締めると、強い力で返される。

「俺も、……出すぞ」

耳元で低く唸《うな》るように囁かれた声に、ゾクリとなった。男の色香を滴らせながら荒っぽい息を吐く岩谷に触発され、一気に高みがやってくる。

「んぁ、あ、あっ、──んぁぁあああ……っ！」

「──っく！」

泉は、激しく下腹部を震わせながら白濁を放った。同時に、岩谷が中で痙攣したのがわかる。ドクドクと注がれ、言葉にならない幸せを感じながら最後の一滴まで味わう。

躰を弛緩させても、中で時折岩谷がビクリとなった。

繋がったまましばらくじっとしていたが、中のものがいつまでも硬度を失わないからか、泉の欲望も再び叩き起こされる。

「……ぁ」

岩谷がじっくりと動き始め、閉じていた目を開けると熱い視線を注がれていることに気づいた。目を合わせたまま、躰を揺らされる。

体力は限界に近いが、それは泉も望んでいることで、もう一度岩谷の躰を抱き締めて身を委《ゆだ》ねるのだった。

5

泉は走る車の助手席に座り、黙りこくったまま外を眺めていた。

ホテルを出て一時間。二人はほとんど会話をしていない。お互い気まずくてそうしているというより、泉に合わせて岩谷が黙ってくれているというだけのようだ。

(どうしてあんなことになったんだ……)

流されてしまった自分が、情けなかった。

いや、情けないのではなく、恥ずかしいだけだ。岩谷を見ると、何事もなかったような顔をしている。男同士のことに関しては泉の方が慣れているのに、どうして自分ばかりが感情を乱されるのだろうと思った。ガチガチのヘテロというわりに、男同士の行為になんの躊躇もなく踏み込んだ。

思えば出会った頃、岩谷をからかってやろうと、抱いてくれたら協力してやってもいいと言った泉をこの男はいきなりベッドに押さえつけてズボンをひん剝《む》こうとした。しかも、ただの脅しではなく、本気でやろうとしたのだ。

一枚も二枚も上手で、泉なんかが敵う相手ではない。

「おい」

いきなり声をかけられ、泉は我に返った。

「そんなに見るな」

「！」

「熱い視線を注ぎすぎなんだよ」

そう言って岩谷は、流し目を送りながらニヤリと笑った。

わからないよう盗み見していたつもりだったが、いつの間にかその横顔に見入っていたことに気づかされ、何をしていたんだと焦りを覚える。

男らしい骨格。鼻梁《びりょう》。剃《そ》り残された髭。はっきりした二重の目は、猛禽類《もうきんるい》のそれを連想させる鋭さも持っているが、ときどき優しげな光を放つこともある。

男臭さに溢れている岩谷は、野生の獣のように美しい。

「あのな……」

「な、なんだよ?」

声をかけられただけで慌ててしまい、そんな自分に舌打ちしたい気分だった。

「安心しろ、真面目な話だよ」

「誰も焦ってなんかない」

口調から焦っているのは明白だが、岩谷は敢えてそれ以上踏み込んでこなかった。安心するが、同時に自分たちの差を見せつけられたような気もする。

「悪かったな」

「え……？」

「本当は、内通者を炙り出して逆に利用してやるつもりだったが、そうも言ってられねぇ状況だ。俺の浅はかな考えのせいで、時間もロスしちまったしな。もしかして、襲ってこないのは、襲う必要がないからなのかもしれない。わざと自分が内通者だと匂わせて、警戒心を抱かせれば俺らは内通者を炙り出そうと躍起になる。結果的に時間稼ぎになって、タイムリミットが来るってわけだ。相手の策略に嵌まったのかもな」

ピリリと緊張が走ったのを感じた。

そうだ。もう時間がない。

『ガーディアン』から抜けてきた男は、一ヶ月後に何かがあると言い残して死んでいったが、具体的な日にちもその手段もわかっていない。しかも、約一ヶ月の猶予があるわけではないのだ。データに入っているテロリストたちの計画がどういうものかわからない限り、一ヶ月後にある何かを阻止するために必要な時間もわからない。

つまり、金庫を開けるタイムリミットは今日だという可能性もある。

泉は、覚悟を決めた。

「こうなったら、堂々と行ってやるよ」

岩谷が泉を一瞥したのがわかった。今からしようとしていることが、自分にとってかなり危険なことだというのも、よくわかっている。

けれども、今はそう決断しなければならない時だ。

「あんたもそうした方がいいと思ってるんだろう?」

挑むような口調になってしまったのは、緊張しているからだろうか。

「危険だぞ」

「いいよ。俺もこんな仕事さっさと終わらせたい」

それは本音だった。

金庫を開けたら自分はどうなってしまうのか、また昔のようにその高揚感に完全に取り憑かれてしまうのかとビクビクしているのは性に合わない。

こうなったら、さっさと仕事を終わらせてすっきりしたい。

もし、再び自分の技術に溺れずにいられたら、何かが変わるかもしれない——そう考えた泉は、もう逃げも隠れもしないと心に決めた。

「いいのか?」

「あんたが護ってくれるよな?」

「もちろんだ」

「じゃあ、いいよ。内通者を炙り出すなんて七面倒臭いことは、もうたくさんだ。それにどうせ開けるなら、早い方がいい」

「逞しいな」

岩谷はそう言ってくれたが、心の中は乱れていた。

本当は、ものすごくビビッている。

自分を狙うテロリストにも、自分の中に眠るスリルを求める魔物にも……。

だからこそ早く終わらせたいのだ。逞しくなんかない。まして勇気なんてない。テクニックに見合う心を持てないままスリルに酔いしれ、いまだに同じ間違いを犯さないでいられるか自信の持てない臆病なだけの鍵師だ。

その時、岩谷の携帯が鳴った。

「俺だ。ああ、庄野か?」

心臓が軽く跳ね、緊張に包まれる。

「わかってるよ。……ああ、連絡を途絶えさせたのは悪かった。泉はさっき確保した。ああ、そうだよ。だから悪かったっつってんだろうが」

先ほどの電話も、やはり庄野からだったようだ。電話に出なかったことを責められている。けれども説教なんて岩谷にとっては、馬の耳に念仏だろう。

岩谷は、お前も聞いておけとばかりにスピーカーフォンにして泉に携帯を渡した。

「今すぐ金庫を開けにいく」

岩谷の言葉に、庄野は驚きを隠せないようだ。

『なんだって？』

「金庫を移動する準備をしておけ。後で連絡するから、俺の言う通りに運ばせるんだ。運転手と直接連絡を取って、その場その場で指示を出す」

岩谷が何を計画しているのか、今の段階で泉にはわからなかった。それは庄野も同じらしく、何をしようとしているのか測りかねているのが電話を通じて伝わってくる。

「内通者が特定できない限り、俺たちの居場所を知る人間は少ない方がいい。とにかく、俺の指示通り金庫を運ばせろ」

『まさか、俺のことも疑ってるのか？』

「まぁな」

『相変わらず手厳しいな』

「悪いな。状況からすると疑う必要があるんだよ。窓口になる人間を変えろ。今、金庫を警備している人間も全部入れ替えるんだ。でないと、こいつは連れていかない」

一瞬、沈黙した。

さすがに所轄の一刑事の要求をすべて呑ませることは、容易ではないだろう。しかし、こちらには切り札がある。

泉という、金庫を開けられる唯一の人間という切り札が……。

『わかったよ。お前の言う通りにする』

「じゃあ、上の奴を電話に出せ」

岩谷は庄野の上司と直接交渉をし、自分の要求をすべて伝えた。もちろん、すんなりとはいかない。相手は警視庁の刑事だ。所轄の人間に好き勝手指示されて「はいそうですか」と聞き入れられないのは当然とも言える。

しかし、ガンとして相手の言い分を聞き入れずに自分の要求を押し通すのはさすがだった。のちのち出世の妨げになるかもしれないなんて心配は、岩谷はしない。

頼りになると、この男が自分のボディガードを命じられた偶然に心底感謝した。初めはただの使い走りだった。

上の人間が電話に出てから三分ほどで交渉を終わらせ、その後二人は金庫を運ばせる場所を探すために行動を開始する。

「夜までになんとかするぞ」

まず、ネットカフェなどインターネットに繋げられる環境を探して車を走らせた。

金庫を移動させるのは、用意周到に泉たちを襲うことができないようにするためだった。

内通者は、現在金庫が保管されている場所を『ガーディアン』に既にリークしているかもしれない。金庫に近づけるルートすべてに人を配置すれば、いずれ泉を捕らえることができる。

今も、銃器を持った人間を配置して待ち構えている可能性は十分に考えられた。

金庫まであと少しというところまでくれば、なりふり構わず襲ってくるに違いない。多くの仲間が犠牲になる可能性が高いが、最終手段としてその道を選ぶはずだ。

敵に有利な状況を作らないためには、状況を変えながらコトを運ぶしかない。

ネットカフェを併設した書店を見つけた二人はそこに飛び込み、さっそく地図のサイトにアクセスして場所の選定に当たった。

今は、画像も見られるため、地図だけで見るより、具体的にイメージできるぶん対策も練りやすい。

「この辺りは？」

「駄目だ。行き着くまでのルートが少ない」

目標を絞りにくくするために一本道は避け、そこに繋がるルートが多い場所を探した。少しでも、敵を分散させられる方がいい。

数時間かけて現場を選び、その場所に行き着くまでの画像もすべて確認した。

日が暮れてくると、ようやく準備は整う。

「俺だ。こっちの準備はできた。そっちはどうだ？」

岩谷が電話で再び本庁に連絡を入れ、いよいよ行動開始となる。

もちろん、これだけで安全が確保できるとは思っていない。警察官が護っているとはいえ、金庫を移動させることで生まれるリスクもある。

だが、できることはすべてした。今取れる最善の方法だと信じている。岩谷が自分を護ってくれる。

そう思うことで、泉は恐怖を抑え込んだ。

「まず、金庫を載せた車をそこから出せ。ルートは今から指示を出す」

ほぼ同時に現場に到着できるよう、時計を睨みながらの移動が始まる。

何事もなく、時間は過ぎていった。

追いかけてくる車もなく、道沿いに不審なものも見当たらない。しかし、二時間ほど走っただろうか。携帯に連絡が入り、助手席に座っていた泉はいつものようにスピーカーフォンにした。

『わしだ。岩谷か?』

村山だった。口調はいつもとさほど変わらないが、どこか慌てている様子が窺える。

いったい何が起きたのかと、泉と岩谷は目を合わせた。

『中村が嫌なものを見つけちまった』

「なんだって?」

『庄野が『ガーディアン』と通じてるかもしれない』

『──岩谷さん、俺です！』

村山の声に被るように、今度は中村の声が聞こえてくる。

『前に、俺が疑われてるかもしれないって言いましたよね。なんだか妙なんで、実はもう一度侵入していろいろ調べてみたんですよ。そしたら、庄野さんと『ガーディアン』を繋ぐ手がかりになるファイルが見つかりました』

岩谷の顔色が変わった。

庄野は、大学の頃からの岩谷の友人だ。三人の中でつき合いが一番長く、一番気心の知れている友達のはずだ。電話の向こうから聞こえてくる声は穏やかで、とてもそんなふうには思えなかった。育ちのよさそうな甘いマスクの男は、泉に「そいつが君を護ってくれるから。無事に本庁まで来るんだよ」と言って勇気づけてくれた。

「その件は本庁に報告したのか？」

『それが、俺の侵入に気づいたみたいで、データをダウンロードする前に消されて証拠が残ってないんです。間に合いませんでした。本庁の人は、庄野さんがテロリストに通じてるとは思ってません。下手するとこっちが逮捕されますよ。あの人なら、こっちに不利な証拠を捏造することもできると思います。自分の正体がバレたとわかった今、どんな手を使ってくるか……。気をつけてください、先輩』

『おい、どうする？』

連絡の窓口から庄野を外したのは賢明な判断だったが、安心はできない。この件を担当する捜査員の中心に、テロリストと通じている男がいるのだ。

「いい。このまま計画を実行する。あいつのことは後回しだ」

『援護するか？　今どこにいる？』

「もう都内を出た。あと二時間半で目的地に着くが……」

庄野が裏切り者だとわかって、さすがの岩谷も動揺を隠せないでいるようだった。庄野に対する怒りを押し殺している。

いや、まだ信じられないだけなのかもしれない。

どんなにタフでも、岩谷も一人の人間なのだ。心が乱れないという方がおかしい。

三人の会話を聞きながら、泉はなぜか胸が苦しくなるのを感じた。


バックミラーを覗く岩谷の目が鋭くなったのは、庄野の件で電話があってから二時間ほどが経ってからだ。

泉が後ろを振り返ると、黒い車が二台、すごい勢いで近づいてくるのが見える。

あと三十分で現場に到着というところで、捕まってしまった。

そこは周りが山に囲まれた自然の多い道で、夜ということもあり、人通りはまったくなかった。わざわざこのルートを選んだのは、迂回《うかい》するように現場を通り過ぎて引き返すコースを辿るため、敵の裏をかく意味で最適だと判断したからだ。

しかし、腹の探り合いは、相手に軍配が上がったことになる。

「くそ。あと少しだってのに」

岩谷はそう呟くと、アクセルを踏み込んだ。すると後ろの車はいったん離れていき、再びすごい勢いで追いついてくる。追っ手を振り切ろうとハンドルを切って横道に入ったが、五百メートルほど走ったところで工事中のため行き止まりになっており、山の方に入っていく道を選ばざるを得なくなった。

さすがにここまで読むのは、岩谷にも不可能だ。

運は、あちら側にあるのかもしれない。

「おい、後ろ！」

振り返って車を確認すると、暗がりの中で見えたものは、銃を構えた男が窓から上半身を出している姿だった。岩谷もバックミラーでそれを確認すると、銃弾の餌食《えじき》にならないよう蛇行運転する。

「本当になりふり構わずだな。滅茶苦茶しやがる」

こんな走り方をしていれば敵に追いつかれるのも時間の問題で、あっという間に距離を詰められ体当たりされる。

「うわ……っ！」

車体同士が激しくぶつかり合い、その衝撃で舌を噛みそうになった。追跡の車はさらにもう一度激しくぶつかってきて、今度は運転席側に並ぶ。右側と後ろ側に一台ずつ。あと一台前から車が来れば、囲まれて強制的にブレーキをかけさせられる。

「！」

助手席の男が銃口をこちらに向けているのが見えたが、岩谷もそれに気づいてハンドルを大きく右に回した。衝撃とともにものすごいブレーキ音が闇に響き、車は後ろの車を巻き込んで回転しながら小さくなっていく。

なんとか切り抜けたが、泉たちがどこを走っているのか、仲間に連絡したはずだ。もう見つかってしまったのなら、小細工など通用しない。力ずくで突破するしかなかった。

本庁の人間に電話をするよう言われて連絡を入れ、泉は今いる場所を伝えて応援を要請した。しかし、次に姿を現したのは、パトカーではなく黒のハマーだ。

「また図体のデカいのをよこしやがったな」

面白い、とばかりに岩谷は言うが、車体の大きさがまったく違う。すでに一度、別の車に体当たりされているのだ。あの巨体とやり合って勝てるとは思えない。

「振り落とされんなよ」

正面衝突させようと突っ込んでくるハマーをギリギリのところでよけ、それが方向転換している間にカーブをすり抜けて直線に入った。

「スピードを落すから、合図したら飛び降りろ」

頷き、岩谷の合図を待つ。

「いいか、いくぞ。——今だ！」

その瞬間、車の扉を開けて転がり出た。スピードを落しているとは言え、コンクリートの衝撃はかなりのものだ。

「——っく！」

一瞬息ができなくなり、小さく呻く。すぐに起き上がることができなかったが、腕を掴まれて起こされた。

「走るぞ！」

ほとんど引きずられるようにして、山の中に入っていく。

暗がりに、二人の荒い息遣いが漏れていた。しばらく行くと、開けた場所に出てキャンプ場のようなところに行き着いた。その向こうに、建物がある。

廃墟《はいきょ》だ。

「行くぞ」

もとはリゾートホテルだったのだろう。バリケードをかき分けて中に入っていくと、雑草が生えて錆びて腐った椅子などが置いてあるテニスコートが広がっていた。そこを横切って奥へと進み、建物の中へと入っていく。

中は荒れ果てており、ここだけ時間の流れが止まっているように見えた。

ロビーらしき場所には残骸と化したソファーやテーブルが散らばっており、シャンデリアは埃《ほこり》を被ってかつての輝きの片鱗すらない。小火でも出たのだろうか。フロントの奥の部屋は焼け焦げていて、黒い煤で覆われている。

二階に上がってみたが、そこも一階と同じように荒れ放題だった。カラスの死骸が目に入る。異臭。

泉は顔をしかめて先を行く岩谷に続いた。こんな状況でなければ、決して足を踏み入れたくない場所だ。

「心配するな。お前だけでも、なんとか逃がす」

息を切らせながら言い、岩谷はもう一度電話を入れようと泉から携帯を受け取った。電波が弱いのか、なかなか繋がらない。

追ってくる人の気配はないが、いずれここに逃げ込んだことはわかるだろう。それまでに、なんとかしなければならない。

「俺だ。聞こえるか？」

ようやく本庁の人間と連絡が取れたようで、岩谷は電波が届く場所に移動して自分たちの居場所を伝えようとしていた。ときどき音が途切れるらしく、何度も同じことを口にしている。離れたところからその背中を見ていたが、次の瞬間、泉は心臓に冷水を浴びたようになった。

（え……？）

後頭部に、鉄の塊らしき物を押しつけられている。

多分、拳銃《けんじゅう》だ。

岩谷は、まだ気づいていない。

「よぅし、そのままゆっくり立ち上がるんだ」

この声には、聞き覚えがあった。

電話の向こうで、能天気なことを口にしていた男だ。岩谷を相手に、二人で笑っていた。

「そのまま、腕を後ろに回せ」

言う通りにすると、後ろ手に手錠をかけられる。

泉はようやくわかった。

内通者は、庄野なんかではなかった。中村からの電話は、岩谷を罠にかけるためのものだったのだ。三人のうち一人が内通者だという前提が、目を曇らせていたのだろう。

二人とも嘘をついているとは、さすがに見抜けなかった。

「電話を切って手を上げるんだ、岩谷」

「——っ！」

ようやく、岩谷が異変に気づいて携帯を持った手を上げる。

「村山さん……」

携帯を閉じながら、ゆっくりと振り返る岩谷と目が合った。後頭部に銃を押しつけられた泉の姿を見て、目つきが変わる。

「残念だったな。俺の方が一枚上手だ。人生経験が違う」

長年のつき合いがある男にとっては泉以上に信じられない状況だろうが、岩谷は「どうして？」とは言わなかった。

「いつからだ？」

その問いに、村山はすぐに答えなかった。岩谷は、もう一度強い口調で言う。

「いつからだと聞いてるんだ、村山さん」

「最初からだよ」

「最初から？」

「ああ。わしは借金があってな、随分と悪事に手を染めてきた。裏の世界にどっぷり漬かってるんだよ。『ガーディアン』は裏の連中を使って、本庁のサイバーテロ対策課が極秘で捜査している事件についてリークしてくれる誰かを探してた。捜査のキーワードは金庫だ。お前が雑用で鍵師を連れてこいと命じられたと言った時、ピンと来たよ。金庫と鍵師。こんな偶然あるわけがない」

淡々と話をする村山の声からは、感情が読み取れなかった。さすがに長年刑事をやっているだけはある。隙なんてなかった。

「中村は？」

「わしが銃を突きつけて脅して言わせた。あいつは、ホテルに監禁してきたよ。明日になれば従業員が見つけてくれるはずだ。親友がテロと通じていたと聞いて、さすがに冷静でいられなくなったようだな。まさか自分の居場所をああもあっさりゲロするなんてな」

確かに岩谷は、自分がどの辺りを走っているのかを漏らした。だが、あの電話からまだ二時間だ。ある程度こちらの足取りを掴んでいないと、追いつけないはずだ。

岩谷も泉と同じ思いらしく、どういう手を使ったのかと訝《いぶか》しげな表情で村山を睨んでいる。

「工場のサイレンはいいトラップだったよ。だが、運がわしに味方した」

「どういうことだ？」

「あそこの奥さんが、お前を見たんだ。それで、わしのことを思い出して久々に電話をかけてきた。まさか、お前があの工場に行ったことがあったとはな。彼女から電話がなければ、単に偶然あの近くを通っただけだと思っていたよ。だが、お前があの工場に行ったことがあるなら話は違う。偶然なんかじゃない。何か仕掛けるためにわざと行ったんだと気づいた」

「なるほど、な……」

岩谷は、運が悪かったとは思っていないようだった。偶然とは言え、悪いのは、完璧な計画を立てられなかった自分だと感じている。

「なぁ、岩谷。お前がわしのことをよく知ってるように、わしもお前のことはよく知ってるんだよ。追われてる身なら、少しでも地の利がある場所を選ぶ。工場のある場所からどの方角に向かうか、大体予想はついた。あとは、お前にゲロさせればいいだけだ」

「不覚だったよ」

「お前は、まだ甘い。人間を信じてるだろう。そこが、わしに出し抜かれた原因だ。信じすぎなんだよ」

村山は、岩谷に向かって手錠を放って自分でかけろと命令した。二つ目のそれは、中村のものだろう。今の話が嘘でないことを物語っている。

岩谷は、言われた通り自分で自分に手錠をかけた。そして、コンクリートに膝をつく。

「村山さん。そいつは、殺さないでくれ」

「ああ、もちろん殺さない。死なれて困るのは、こちらもなんでな」

「――っ!」

命を狙っていたのではなかったのかと驚く岩谷を見て、村山が笑ったのが気配でわかった。

「警察は、大きな勘違いをしてる。『ガーディアン』が欲しがってるのは、こいつの命じゃない。こいつの腕だ。金庫の中身が欲しいのは、どちらも同じってことだよ」

「どういう、ことだ？」

「これ以上は言えんなぁ」

いまだに目的のわからない計画に、不気味さを感じずにはいれない。

だが、一つだけわかった。

これまで、金庫ではなく泉を襲う理由は、ただ単に狙いやすいからだと泉はなんとなく思っていた。内通者がいようとも、金庫は厳重に護られている。爆弾でも落とせば破壊できるだろうが、『ガーディアン』は自らテロリストと名乗っている国際的に見られる大規模な武装集団ではない。

ヤクザ程度に多少の銃器は揃えていようが、金庫ごと中身を破壊できるような自爆テロを起こすことができるほどではないはずだ。

それなら警察が護っている金庫より、泉の命を狙った方がいいと思っていると勝手に決めつけていた。

しかし、違った。『ガーディアン』は警察にデータが渡って自分たちの計画の全貌《ぜんぼう》が明らかになることを阻止したいのではない。

あの中に入っているデータそのものを、手に入れたがっている。

「金庫の周りには、警官がうじゃうじゃいるんだぞ。取り出したところで、逃げられると思ってるのか？」

「心配するな。考えがある」

隙を作らないようにしているのだろう。年齢を重ねてしわがれた村山の声からは、感情が読み取れなかった。岩谷も感情を隠せないでいるのに、これが歳の功というものだろうか。

「まず、本庁の奴らに連絡して、負傷して動けないと言え。そして、自分の代わりにボディガードを所轄の村山に託すから、金庫を積んだトラックを引き渡せとな」

「そんなことができるわけが……」

「いや、お前ならできる。ここまで強引に進めてきただろう？　内通者が誰かわからない以上、自分の信用できる人間にしか託せないとでも言えばいい。幸い警察は『ガーディアン』があの中身を欲しがっていることにまだ気づいてない。上手くいくさ」

「金のためにこんなことをするなんて、あんたらしくないぞ。村山さん」

「そんなことはない」

岩谷が時間稼ぎをしているのはわかった。先ほど、応援を要請したのだ。必ずこの建物を見つけ、二人を捜しに来てくれるはずだ。

ここに警察が踏み込めば、村山の計画は失敗する。

そして同時に、経験を重ねた男が岩谷の狙いにいつまでも気づかないはずはないとも思った。ここまで岩谷を騙し続けてきた男が、こんな簡単なことを見逃すはずがないと……。

けれども、会話は続く。

「わしは、違法DVDやカジノの摘発情報を事前に知らせて金を受け取ってた。全部、金のためだ。ノンキャリの刑事の給料なんて、たかが知れてるからな」

「それで、今回も金欲しさに奴らの手助けをしてたってのか？」

「ああ、そうだ。お前が思ってる以上に、世の中は腐ってるんだよ」

二人のやりとりを聞きながら、泉はやはり自分の考えは正しいと確信していた。こんなところで悠長に話をしている暇などないはずだ。岩谷の目論見《もくろみ》に気づいてなくても、律儀にここで長話につき合ってやる必要などない。

金庫の中身が欲しいなら、一刻も早く、次の行動に移りたいはずだ。

そう思った時だった。

「岩谷……っ！」

一階で物音がしたかと思うと、たくさんの捜査員が侵入してくる足音が聞こえてきた。村山がそれに気を取られた一瞬の隙をつき、岩谷がすごい勢いで突進してくる。

「うらぁ！」

「――く！」

もつれ合うように三人は倒れ込んだが、いち早く立ち上がった村山は落とした拳銃を拾いに走った。

「警察だ！　手を上げろ！　上げないと撃つぞ」

銃口が自分に向いているというのに、村山は銃を手にするとまだ床の上に転がったままの泉の襟を掴み、後頭部に銃を押し当てる。

乾いた音が、廃墟の中に響いた。

「村山さん……っ」

岩谷が駆け寄ったが、村山はすでに撃たれた後で口から血を流している。

銃弾は、踏み込んだ捜査員のものだった。泉の後頭部に銃口を向けた村山を止めるために、発砲した。

「おい、村山さん！　村山さんっ！」

岩谷の声が、廃墟に響く。

村山は微かに目を開けたが、命の炎が消えかかっているのは泉にもわかった。救急車を要請する声が、虚しく聞こえる。

もう、助からない。

「村山さん！　死に逃げなんかさせねぇぞ！　――村山さん！」

何度も叫ぶ岩谷に、村山は少しだけ笑った。

「……お……前は……っ、……わし……、みたいに……、……」

言葉は、そこで途切れた。瞳に残っていた光は完全に消え、脈を確かめずとも、もう生き

ていないとわかる。嫌というほど死を滲《にじ》ませた表情だった。

すぐ側で見ていた泉は、なんとも言えない気持ちでいっぱいになった。

村山は、自分を止めて欲しかったのではないだろうか。悪事に手を染め、そこから抜け出せない自分を岩谷の手で、阻止して欲しかったように思えてならない。

金庫を開けるには泉が必要なのに、あの場面で銃口を向ける意味がそれ以外に思いつかなかった。

駆けつけてきた捜査員が村山の死を確認すると、複雑な表情でその屍を見下ろしていた岩谷は悲しみを振り切るような顔をしてから、泉に視線を移す。

「大丈夫か?」

「あんたこそ……」

泉が起き上がると、スーツを着た男が近づいてきた。会うのは初めてだが、誰なのかは知っている。写真で見たのと印象はほぼ同じだ。育ちのよさそうな甘いマスクの男。

「直接会うのは初めてだね、泉君。悪いけど、ひと息ついてる暇はない。今から即刻金庫のある場所まで行ってもらう」

「庄野。中村がどこかのホテルに監禁されてる」

「わかった。こっちで捜してみるよ。今までご苦労だったな。後のことは俺たちに任せろ」

「……」

「いや、俺も行く。最後まで見届けてぇんだ」

それは、泉の苦悩を知っている男の目だった。庄野にもそれが伝わったようで、二人の手錠を外すと一緒に来ていいと頷いてみせる。

「大丈夫だ。俺が見てる」

肩を軽く叩かれ、覚悟を決める。とうとうこの時が来たかと思うと心が乱れるが、逃げるわけにはいかないと思い、腹を据えるのだった。


それから泉は、警察車両に護られて現場に向かった。車で追跡してきた『ガーディアン』の連中は、すでに逮捕され病院に運ばれている。

途中、中村が監禁されていた場所から自力で脱出してきたと連絡が入ったが、これも村山の計算だったのではないかと思った。あの初老の刑事が、簡単に拘束を解いて逃げられるようなヘマをしたとは思えない。

現場は車で三十分ほどのところにある警察署で、駐車場に金庫を積んだ大型トラックを運び込んだ。積載量は十トンはあろうかというクラスでトラックというよりトレーラーのような形をしている。到着すると、岩谷と一緒に金庫を積んだ箱型の荷台に乗り込む。

金庫は、中央部分に置かれてあった。

(これか……)

対面した途端、鳥肌が立った。只者ではないというのを、どこかで感じているのだ。ただの金属の塊に対して何を言うんだと笑う人間もいるかもしれないが、金庫にまつわる歴史がそう感じさせるのか、どうしてもただの無機物とは思えなかった。

誰をも寄せつけぬオーラ。こそ泥なんかが手を出していいものではない。開けることを許された者以外に、そう簡単に扉を開くわけにはいかないという意思すら感じた。年代物のそれは圧倒的な迫力で泉を迎えてくれる。

すぐに取りかかるよう言われるが、こんな魔物を相手にするのだ。簡単に近づく気にはなれない。

「タバコを吸っていいか?」

本庁の刑事が嫌そうな顔をしたが、庄野は快くそれを承諾した。

「いいよ。長丁場になるだろうから、一服するくらいの時間はあげなきゃね」

「できれば『セブンスター』がいいんだけど、誰か持ってない? 逃げてる時に落としてさ……」

「俺が持ってる」

岩谷が、ポケットの中からマッチと『セブンスター』を出してみせた。常に持ち歩いていたのかと、この男にしては気遣いの細やかさに感動すら覚える。

「お前、昔も一本きっちり吸ってただろうが。いつもこれだったぞ」

ありがたく受け取り、マッチで火をつけて紫煙をくゆらせた。

不思議と怖くはなかった。

岩谷がついているからなのか、それ以上の体験をしたからなのかよくわからない。ただ、今は金庫を開けることが自分の役目で、必ず開けなければならないという責任感のようなものを感じている。プレッシャーもあるが、嫌なものではない。

「泉君。そろそろいいかい？」

「ああ」

道具は用意されたものを使うことになっており、泉の前に真新しい道具箱が運ばれた。金庫破りから長いこと離れていた泉は、自分の道具を持っていない。慣れた道具を使うことも、鍵師にとっては大事なことだ。ただ、道具があればいいというわけではない。

金庫もそれをわかっている気がした。つけ焼き刃の道具で自分に挑もうが、無駄だと嗤っている気がする。

しかし、それでも開けなければならない。

岩谷がここまで自分を運んでくれたのだと思うと、この勝負に負けるわけにはいかないと強く思わされ、泉は並べた道具に向き合った。

（はじめまして、相棒）

心の中で呼びかけ、一つ一つ道具を確認していく。初めて会う道具でも、敬意を持って接するのが礼儀だ。料理人が包丁を大事にするのと同じと言っていいだろう。

道具に対する敬意をなくしては、職人と名乗る資格はない。

（じゃあ、俺の助けを頼むぞ）

最後にそう心の中で呼びかけ、金庫と向き合った。こちらにも、敬意を払って対峙する。

年代物のそれには貫禄すら感じ、泉は軽く深呼吸をした。

長い間、誰も中を覗くことができなかった金庫。祖父だけがその扉を開けることができた。

対峙しているとまるで「こわっぱが……」と自分を嘲笑っているようにすら感じる。確かにその通りだと思うが、自分よりも長い年月を生きてきた相手の胸を借りるつもりで挑むことにした。

（開けさせてもらいますよ）

道具を手に取り、金庫の前に跪く。

金庫は二つ扉のついた観音開きタイプで、一つの扉に一つずつ、二つのダイヤルがついたものだった。鍵穴は一つ。

厄介なのはダイヤルの方で、鍵の方はそう難しくないはずだ。

まず、専用の道具を鍵穴に差し込み、指先の感覚で鍵の形状を把握した。そして、凹凸《おうとつ》のない鍵を削ってスペアキーを作る。少しずつ削っては鍵穴に差し込んで形を確認していく作業を何度も繰り返した。

(多分、これでいい)

右に回すと、手の感覚で「開く」と感じた。その通り、鍵はすんなり回り、第一段階をクリアする。

「よし。とりあえず、一つ開いたぞ」

問題はここからだ。ここからが本当の勝負なのだ。

ダイヤル式の鍵は丸い板状のものが重なっており、正しい番号にそれを合わせると、それぞれの溝にシリンダーが嵌って鍵が開くという仕組みになっている。

今回の金庫は三枚座といわれるもので、板が三枚重なっていることはすでにわかっている。

ダイヤルは一つの扉に一つずつ。計二つだ。

しかもそれだけではない。天才からくり技師は、ダイヤルに細工を施してトラップの溝を仕掛けた。

通常は、間違った番号でダイヤルを合わせて取っ手を回しても動かないが、これは違う。

トラップの溝にシリンダーが入った状態だと、取っ手は回るのだ。そして、空間を取り囲んでいる壁の組み換えが起きて形状が変わり、入っているものを破損させるからくりが動き始める。

手に伝わる感触、音。鍵師だけがわかる微妙な変化を読み取り、番号を洗い出していかなければならない。トラップがどれなのか、本当の溝に入った音がどれなのか、聞き分けなければならない。

これが、機械を使えない理由だ。これまでこんな金庫を作った人間はいなかった。人間の感覚に頼るしかない。他の鍵師が尻尾を巻いた原因でもある。

(さぁ、次行かせてもらいますよ)

今度は、コンクリートマイクをドアに取りつけて作業を始める。

さすがに天才からくり師が作った金庫だ。細工は巧妙なもので、指先の感覚や音では、なかなか番号を割り出せない。トラップに加え、溝にシリンダーが嵌まる音が聞こえにくくしてあるのも、判断を迷わせる原因だった。

トラップがどれなのかを聞き分け、指先の感覚の違いで本当の金庫の声を掴まなければならない。

焦りも禁物だ。

「水、くれ」

泉はいったん立ち上がり、扉の前から離れて汗を拭った。集中しすぎて、体力の消耗も激しい。水を持ってきた捜査員からペットボトルを受け取ると、蓋を開けて半分ほど一気に飲

み干した。

岩谷を見ると、黙って成り行きを見守っている。

『大丈夫だ』

目が、泉にそう訴えていた。本庁の捜査員の中には、苛立ちや焦りを感じ始めている者もいて、明らかに空気が変わっている。それが、泉に伝染するのだ。しかし、岩谷はそんな空気の中、どっしりと構えている。泉を信じて待つ姿勢が、泉に落ち着きを取り戻させた。

（行くか……）

水をもう一口飲み、再び金庫の前に跪いて作業にかかる。だが、とうとう堪え切れなくなった捜査員が、泉の邪魔をする。

「おい、まだなのか？」

おそらく立場が上の人間だろう。

作業の最中に空気を乱すような馬鹿に、舌打ちしたいのを我慢して無視を決め込む。

「答えろ。まだなのかと聞いてるんだ」

肩を掴まれ、さすがにムッとした。

「ああ。見てりゃわかるだろう？　そんなに急かすなよ」

「いったい何時間……」

「――黙ってろ」

岩谷が、横から口を出す。

「なんだと？　今のはお前か？」

捜査員は、所轄の刑事に言われて気分を害したようだ。喧嘩《けんか》腰で岩谷の前に立ち塞がる。

しかし、その程度で岩谷が怯《ひる》むわけがない。

「素人《しろうと》は黙ってろと言ってるんだよ。こいつの何を知ってる？　お前が急かしたところで集中力が切れるだけだ。プラスになることなんて一つもねぇぞ」

「なんだと？」

「彼の言う通りです。ここは、黙って見守りましょう」

庄野も助け舟を出してくれ、この場はなんとか収まる。

助かった。

あやうく集中力が切れるところだったと、二人に感謝して作業を続ける。

いつしか泉は、夢中になっていた。だが、スリルに酔っているのとは違う。自分に課せられた責任。それを感じながら集中していると、次第に中の様子が映像となって脳裏に浮かんでくる。

忘れていた感覚だ。

まるで金庫とシンクロするように、耳と指先の感覚から中の様子が映像になるのだ。

そして、その直後に金庫の声が聞こえた。

（これだ）

一つ目の番号がわかるまで、約三時間。ようやく微妙な感覚の違いがわかってきた。言葉では説明できない、わずかな違い。何度も確かめ、一つ目の番号を決める。

（これに間違いない）

番号を書き留め、次に取りかかる。

泉は、夢中で明治の天才からくり技師の魂が籠められた金庫と戦った。一度感覚がわかると、金庫の声が聞き取りやすくなった気がした。作業を通じて自分の心のうちを見られているような気分になり、泉は自分という人間を晒け出すような気持ちで作業を進めていく。

二つ目、三つ目と番号を導き出し、すべての番号を書き出すと、一度深呼吸してから金庫と向き合ったまま言った。

「番号は全部わかった」

「じゃあ、君が開けてくれ。それくらい、いいですよね？」

庄野が上司らしき男に了解を得ると、そこまでさせてくれるのかと少し驚いたが、自分で割り出した番号だ。ありがたくそうさせてもらうと、ダイヤルを回す。

指先の感覚が間違いないと感じていた。

「本当に合ってるのか？　失敗は許されないぞ」

どの捜査員が言ったのかわからなかったが、泉はその言葉を聞き流した。

舐めてもらっては困る。

泉は、取っ手を摑んでぐっと力を籠めた。すると、錆びのせいか多少の抵抗は感じるものの、取っ手は素直に泉を受け入れる。からくりも動いてはいない。

「よし、開いたぞ！　中身を確かめろ」

押し退けられ、泉は数歩下がった。しかし、怒る気にはなれなかった。怒るより先に感じていたものがある。

それは、充実感だった。

自分の技術を間違った方向に使ってしまった時から、忘れていたものだ。ずっとなんのために金庫破りをしていたのかわからなかった。ただ切れたクスリを求めるように、スリルを味わうために自分の技術を使っていた。

あの頃の自分を叱《しか》ってやりたい。

「結局、爺さんより二時間も長くかかったな」

先ほど泉の肩を摑んで岩谷に制された捜査員が、すれ違いざま嫌味を残した。

だが、不思議と悔しいという気持ちは起こらない。

祖父は、努力の人だった。どんなに天才と言われようとも、自分のような人間が超えられるはずがないと思っている。祖父をしのぐほどの腕と言われてきたが、本物に出会った時にこそ、その実力がわかるものだ。

まだまだ自分は修業が足りないというのが、よくわかった。

「がんばったな。どうだ、今の気分は」

「スカッとしたよ」

晴れ晴れとした気分で言うと、岩谷はニヤリと笑う。しかし、すぐに足元をふらつかせた。

「おい？」

いち早く庄野が庇うように岩谷に駆け寄ったが、手で軽く制する。

「大丈夫だ。寝不足なだけだよ」

「何言ってる。もう終わったんだ。ケガもしてるじゃないか。病院くらい行け。おい、車を回してくれ」

岩谷が連れていかれるのを、泉は黙って見ているしかなかった。しかし、泉が心配しているのがわかったのか、部屋を出る寸前、岩谷は泉を振り返ってもう一度口許を緩ませて、自分は大丈夫だと伝える。

（こんな時にまで、何他人の心配してるんだよ）

呆れて笑みが漏れるが、泉は同時に胸の痛みも覚えて少しだけ表情を崩すのだった。

事件から三ヶ月が過ぎた。

泉は、久し振りに洋介ママとデラちゃんが待つ店に顔を出していた。カウンター席に座っている泉を前に、二人はいつものようにキャピキャピはしゃいでいる。

なんとも濃い二人組に、泉はずっと笑いっぱなしだった。

「本当にお店閉めちゃったなんて、信じられないわ～」

「一人で決めちゃうなんて、水臭いじゃないの！　大体ね、お店が荒らされてから行方不明だった間、すっごく心配したのよ」

「そうよそうよ。何喰わぬ顔で来るんだもん。しかも鍵師だったなんて、聞いてないわ。どこまで驚かせるつもり！」

デラちゃんがカウンター越しに手を伸ばしてきて、泉をポカポカと叩き始める。本当に心配してくれたのだろう。今は笑っているが、事件が終わった後に顔を出した時は、いきなり泣きじゃくられて困ったほどだ。仲間はいないと思っていたが、今回の事件を通じて洋介ママやデラちゃんは大事な友達だったのだと気づいた。

泉はタトゥ・アーティストを辞めて、鍵師として生きていくことにした。犯罪歴のある男を雇ってくれる店はないが、泉には技術がある。二度と間違いは犯さないと決め、店を構える予定だ。

資金は、これまで少しずつ貯めてきた金と捜査に協力した報酬が少し。そして、洋介ママとデラちゃんが貸してくれることになっている。しかも、お金の面だけではない。新しい店の場所を探していると言ったら、常連の客に声をかけていろいろと協力してくれたのだ。中には経営コンサルタントがいて、泉が鍵師として新しく店を構えるにはどうしたらいいか、いろいろとアドバイスをしてもらった。

無料でサポートを受けることができたのは、洋介ママやデラちゃんの友人のためならという善意からだ。これが、二人の人望というものだろう。家賃の安い場所を借りることもでき、自宅兼店舗としてスタートすることになっている。

岩谷の方はと言うと、あれからまったく連絡を取っていない。しかし、庄野から個人的に連絡があり、事件は無事解決したと教えられ、事件の概要についても説明してもらった。

『ガーディアン』たちの目的は、原子力発電所だった。原子力はCO2を排出しないことで近年注目を浴びており、安全性も高いと見直されている。

だが、『ガーディアン』にとっては、そうではなかった。

そんなものを増やしても必要以上に消費し続けるだけで、不必要なものでしかない。それどころか、核廃棄物の処理についても、永遠に分解されないものを地中に埋めるだけで安全性などあってないようなものだと考えている。

そんな彼らが目をつけたのが、日本の原子力発電所のシステムを見学しに来るベトナム政府の要人だ。日本はまだ国のバックアップが整っていないが、インフラ整備などの輸入や、国の産業の輸出など国を挙げて力を入れているところも多く、今回もその一環として視察に来ることになっていた。

それを狙い、制御システムの不具合から臨界点を超えた爆発事故を起こそうとしていたのだ。

政府要人が巻き込まれて死亡となれば、ただの原発事故以上に世界の注目度は上がる。原子力がいかに危険なのかをアピールしたい『ガーディアン』にとっては、格好の標的だったと言えるだろう。金庫の中に隠されていたのは、それらの計画を記したものに加え、制御システムに不具合を起こさせるウィルスデータそのものだ。

しかもかなり巧妙なもので、自ら姿を変えてセキュリティの脆弱性《ぜいじゃく》をつきながら作動するようプログラムされており、それを見た専門家は、まるでそれ自体が生きているようだと形容したという。『ガーディアン』がそのデータに執着した理由も、よくわかる。

だが、泉が金庫を開けたことによりその目的が警察の知るところとなり、計画は失敗に終わった。全員が検挙されたわけではないが、あの組織が大きなダメージを受けたのは間違いない。

事件は公にはならず、そんな危険が迫っていたのが嘘のように、相変わらず平和な日常が横たわっている。

「じゃあ、俺は帰るよ」

泉はグラスを空にすると、カウンターに代金を置いてスルーツを降りた。

「お客さんにチラシ配っておくわね～」

「頼むよ。ママたちが鍵のことで困ったら、タダで開けるぞー」

「あら嬉しい！」

顔の前で両手を振る二人に軽く手を上げて背中を見せると、店を出て外の空気を吸い込む。

夜の街は肌に馴染《なじ》んで心地いい。

途中、タクシーを拾って自分のねぐらに向かった。

今頃岩谷は何をしているだろうかと考え、流れる景色を眺める。

（もう、会うことはないだろうな……）

店はすでに閉め、賃貸契約もとうに解除したのだ。新しい連絡先も伝えていない。調べようと思えば調べられないことはないが、そこまでしてあの男が自分に会いに来るとも思えなかった。今頃、悪党を追いながら夜の街を歩いているかもしれない。

その様子が容易に想像でき、泉は口許を緩めた。

岩谷には、それが似合う。

「あ、ここでいいです」

古い家が建ち並ぶ場所で車を停めてもらうと、料金を払って歩き出す。

新宿から車で十五分ほど行ったところが、泉の新しい住まいだった。駄菓子屋をしていた一軒屋で、一階に店舗があり、その奥に六畳の畳部屋、風呂とトイレと台所、二階には四畳半ほどの部屋があった。かなり古い家で、地震がくれば壊れそうだが、一人で生活するには十分だろう。原付バイクを購入したため、ここからなら繁華街まですぐだ。

泉がポケットの中から鍵を出して裏口に回ると、人影があることに気づく。

「！」

岩谷だった。

タバコを咥え、ドアに寄りかかったまま紫煙をくゆらせている。泉に気づくと、タバコを靴の踵《かかと》で消して携帯の灰皿に入れた。

「店閉めちまったなんて聞いてねぇぞ」

声を聞いて初めて自分が完全に惚けていたことに気づき、我に返る。

「そりゃそうだろ。言ってないからな。何しに来たんだ？」

まさかもう一度会えるとは思っておらず、そんな言い方しかできなかった。成長しない自分に呆れるが、岩谷もそれはわかっているらしく、泉の気持ちを見透かしたように笑う。

「バンビちゃんに会いに来たんだよ」

「――っ」

誰がバンビちゃんだ……、と目許が熱くなった。

いちいち言い方がいやらしく感じるのは、泉が意識しているからだろうか。常に男の色気を垂れ流しているような男が口にすると、冷静でいられない。

鍵をポケットから出したが、この男を部屋に入れるのは危険な気がして、すぐに次の行動に移ることができなかった。しかし警戒していることを悟られるのも、なんだか癪《しゃく》だ。

逡巡《しゅんじゅん》していると、その様子を愉しそうに観察していた岩谷が揶揄する。

「部屋に入れてくれねぇのか?」

「なんで?」

「何時間も待ったんだぞ。中に入れて茶の一杯くらい恵んでくれてもいいだろうが」

部屋に上がって何もしないで帰るような男とは思えず、躊躇せずにはいられなかった。いや、もともとヘテロの岩谷にそんなつもりはないのかと思うが、岩谷に目をやるとどうもそうとは思えない。

「ほら、開けねぇか」

急かされ、どうにでもなれ……、と覚悟をして鍵穴に鍵を突っ込んだ。幾度となく金庫破りをしてきたが、もしかしたらこれまで鍵を開けてきた中で、今が一番緊張しているかもしれない。

自分の家の鍵を開けるだけだというのに、ゴクリと喉を鳴らしながらゆっくりとそれを回す。そして、さりげなく鍵をしまうとドアを開けて一歩中に足を踏み入れた。

「何ガチガチになってやがる。そういう態度が、そそるんだよ」

（え……？）

顔を上げるといきなり岩谷が顔を近づけてきて、唇を奪われた。

「――ん……っ」

狭い玄関では、よろけて一歩下がっただけで背中が壁に当たる。押し入るように中に入ってきた岩谷は、すかさずドアを閉めて施錠した。そのまま壁に押さえつけられて情熱的なキスをされる。

「んっ、――ぅんっ、……ん、…………ふ」

濃厚な口づけに、泉は身を任せることしかできなかった。どうやって息をしていたのか思い出せなくなる。

無意識にこの状態から抜け出そうとすると、膝を膝で割られて逃げ道を塞がれた。身の危険を感じ、さらに逃れようと足掻くが、今度は腕を掴まれる。

抗うほど強い力で押さえ込まれ、観念するしかないのだと思い知らされた。どんなに足掻いても、すでに牙は喉笛に深く突き立てられていて、どうにもならない。

しかし、本能が危険を察して泉にそうさせるのか、つい抵抗してしまうのだ。もしかしたら、岩谷が怖いのかもしれない。

それは、泉が感じたことのない感情だった。ただの恐怖とは違う。本気で誰かを好きになったことがない泉だからこそ抱く、未知のものに対する畏怖《いふ》の念なのかもしれない。

「俺に男の味を教えたのは、お前だぞ」

唇を離した岩谷は、小さくそう言った。

ゾクリとするような、低い声だった。

「一度覚えると癖になるって言うが、確かにそうだな。このままだと、足を取られそうだ」

「だったら……っ」

「馬鹿。お前なら溺れてもいいと言ってるんだよ」

岩谷のとんでもない告白に、泉の心臓は大きく跳ねた。すると、顔を両手で包み込むようにして上を向かされ、優しげな眼差しを注がれて再び唇を奪われる。

「ぅんっ、……ん、……ぅん……っ、んっ」

こんなキスをする男だったなんて、知らなかった。

とろとろに蕩けてしまい、まるで熱病に侵されたように頭がぼんやりしてくる。このまま自分は岩谷を受け入れるんだろうとぼんやり考え、そうしたいと感じた。まだ素直になれないが、自分の気持ちはもうわかっている。

キスを繰り返しながら部屋の中に行くぞと促され、靴を脱ぎ捨ててそれに従った。

階段の下まで来るといったん唇を離され、腕を取られて上っていくが、布団を敷きっぱなしにしていたことを思い出して足を止める。

「どうした？」

しまったと思うが、後の祭りだ。

今さらやめることなど許されないだろうし、泉もそんなに堪え性があるわけではない。こまで火を放たれ、煽られた躰を一人慰めるなんてできない。

泉は観念して、再び階段を上っていった。岩谷は部屋に上がり込むなり、それを見つけてニヤリと笑う。

「俺がいつ訪ねてきてもいいように、準備してやがったな」

「何、馬鹿な……っ、――ぁ……っ！」

首筋に噛みつかれ、黙らされる。

まるで、獣の食事のような愛撫だった。荒々しく自分を抱く岩谷に、泉は嵐《あらし》に呑まれるような気分で身を委ね、受け入れる。

「……はぁ……っ！」

躰をまさぐる手は布越しでも熱く、火傷しそうだった。布団の上に押し倒され、自分に跨って上着を脱ぎ捨てる岩谷の仕種に、泉は濡れた。

ネクタイを緩め、それを引き抜いて放り投げる岩谷に、これから自分を喰らう獣の美しさをまざまざと見せつけられる。抱かれるんだと実感してしまい、本当はこの瞬間を待ち焦がれていたことを思い知らされるのだ。

全部差し出してしまいたいとすら思った。どうにでもして欲しいなんて、自分にそんな素直さが残っているなんて驚きだ。だが、確かに泉の中に芽生えている気持ちに違いない。

「見つけたら、どうしてやろうかって、ずっと考えてた」

「あっ！」

シャツの上から突起に触れられ、泉は岩谷の手首を摑んだ。しかし、岩谷はやめようとはせず、さらにグリグリと刺激したかと思うと、きつくつまんでみせる。

「あ！」

「ここ、男も感じるらしいな」

「痛……っ、乱暴、するな……っ」

言いながら、感じているのは痛みだけではないと気づいた。確かに、甘い痺《しび》れも存在していた。

快感に震え、鳥肌が立つ。自分を組み敷く男の微かな体臭も、泉の欲望を煽っていた。

シャツをたくし上げられて胸板に視線を注がれると、それだけでジリジリと焦げつくような羞恥の念に取り憑かれてますます昂《たか》ぶってしまう。

「……ぁ」

まるで観察するように自分を見下ろす岩谷は、とんでもなくエロティックだった。

用意された食事を眺め、どこから喰ってやろうかと舌なめずりをしている。生贄《いけにえ》になった泉は、自分の身を捧《ささ》げることに悦びを抱かずにはいられない。

「いい眺めだな。男の胸板をこんなにエロいと思ったのは、初めてだよ」

「あ！」

いきなり突起に舌を這わされた泉は、上半身をのけ反らせて喘いだ。唇を震わせながら、小刻みに息をしてなんとか呼吸を整えようとする。

男同士のセックスなんて幾度となく重ねてきたが、今は初めて経験することのように、自分を上手くコントロールできなかった。躰だけでなく、心も奪われ、翻弄されている。

「ぁあ、……ぁ、……はぁ……っ、……んぁ……」

ねっとりと絡みつくような愛撫に、泉は少しずつ、自分の奥に眠る淫獣を引きずり出されていった。息を潜めていたそれは、身をくねらせながら姿を現し、歓喜の声をあげる。

「ぁあ、あ、……っく、……んぁ！」

尖《とが》らせた舌先でこねくり回し、軽くノックし、唇で挟んでみせる岩谷の愛撫に、そこは硬く尖っていき、赤みも帯びてきて卑猥な姿に変貌した。充血したそれは敏感すぎるほど感度がよくなり、軽く息を吹きかけられただけでも感じてしまう。

「びんびんに尖ってるぞ」

愉しんでいるのが、声でわかった。泉が思い通りの反応をすることに、男としての悦びを感じているのかもしれない。

「こっちも、して欲しいか?」

「……っ」

「こっちだよ」

「あ!」

反対側の突起を指できつくつままれた泉は、再び掠れた声をあげてしまう。

なんてことをするんだと思うが、乱暴とも言える愛撫に被虐的な気分になってきて、もっと苛めて欲しいなんていうはしたない欲求でいっぱいだった。

圧倒的な力と男の魅力で、自分をねじ伏せ、征服して欲しいのだ。

男であることを捨てるのは、もともと嫌いではない。

自分の中に、確かにある感情。男を後ろで受け止め、揺さぶられ、熱いほとばしりを奥に感じながら自分も絶頂を迎える。

そんなセックスが、好きだ。

「可愛いぞ。この三ヶ月間、頭の中で考えてたことを全部してやる」

愉しげに漏らされたかと思うと、今度はもう片方の突起に触れられた。

「ぁあっ!」

舌と唇で散々弄ばれて敏感になった突起を、今度は指が愛撫する。両方同時に攻め立てられ、泉はこれまで以上に上半身をのけ反らせた。声を漏らすまいと指を噛むが、そんなことをしても効果はなかった。

唇の間からは、本音が甘い喘ぎとなって次々に漏れる。

「んぁ、あ、……ぁあ！　や……、――んあぁぁ……」

なんて快感だと、注がれる愉悦に泉は溺れていった。

おかしくなってしまいそうだ。もう、自分がどんな姿を晒し、どんな声をあげているかもよく把握できていない。

「女より、感度がいいんじゃねぇか？　痛いのも、嫌いじゃねぇみてぇだな」

「――ぁ」

「窮屈だろうが。楽にしてやるよ」

ジーンズを剝ぎ取られ、下着の上から中心に触れられた。下着の中で張りつめているものは、すでに甘い蜜を溢れさせており、岩谷に握られるとこの瞬間を待っていたというように、痙攣する。

「ぁあ、あ、あっ」

限界だった。

達きたくてたまらない。早く、射精してしまいたい。

しかし、こんなに早く、しかも自分だけ達ってしまうのは恥ずかしく、必死で堪える。

「いいぞ。先に楽になれ」

もう一度胸の突起を弄られると、ビクンと躰が跳ねた。あまりの反応のよさに、岩谷が口許を緩めたのがわかる。

余裕のある男は、泉の反応を見ながらじっくりと攻め立てていった。どんなに隠そうとしても、すべて暴いてしまうのだと思い知らされた。

男同士の経験は泉の方が何倍もあるが、そんなことは関係ない。圧倒的な牡の前では、こなした回数などないのと同じだ。

「馬鹿……っ、……やめ……っ」

痛いほど突起を弄られ、やんわりと中心を嬲られていると快感はどんどん膨れ上がっていき、泉はシーツをきつく摑んだ。

(も、駄目……だ……)

限界がくると、観念して迫《せ》り上がってくるものに身を委ねる。

「ん……、んぁ、――んんん……っ！」

泉は、唇を強く嚙みながら白濁を放った。岩谷の無骨な手に包まれたまま、中心はびくびくと痙攣してドロリとしたものをゆっくりと吐き出す。

中心を嬲る手は軽く添えられていただけで、ほとんど胸の突起だけで達ったのと同じだった。直接的な刺激が足りないまま放ってしまったため、屹立《きつりつ》の痙攣はいつまでも収まらない。

「……っ、……はぁ……っ、……っ、……ぁ」

ようやくすべて出し終えてしまうと脱力するが、立ち上がった岩谷は無言で全裸になると、泉の前に立ちはだかった。見下ろされ、自然にそうしたいという気持ちが湧き上がってきて、射精したばかりで力の入らない躰をゆっくりと起こす。

岩谷の前に跪いただけで、昂ぶった。尽くしたいなんて、自分らしからぬ気持ちになってしまい、頭に手を置かれて促されると素直に岩谷を口に含む。

「ぅん……っ、んっ、……んん」

岩谷のそれは、雄々しかった。口いっぱいにほおばり、丹念に愛撫する。男に愛撫してもらうことだけが、セックスの愉しみではないのだと、今初めて気づいた。

これまでは、愛されるだけだった。一方的に欲望を注がれるだけだった。

けれども今は、自分も愛したいと思うようになっていた。

微かに牡の匂いがして、夢中になっていく。

「ぅん、んっ、ぁん、……ん、……ぅん……っ」

岩谷が感じると、口の中でヒクリとなった。唾液の音を立てながら、十分に育ったそれをわざとはしたなく、念入りに舐め回した。

「そんなに美味《おい》しいか？」

その言葉を聞いて、下半身が熱くなる。揶揄されて感じたのも、初めてだ。

美味しい。すごく、美味しい。

頭の中で繰り返し、夢中でむしゃぶりついた。

「目ぇ開けろ」

熱っぽい声で言われ、言う通りにする。

岩谷の目許も、ほんの少し紅潮していた。自分の愛撫が気持ちいいのかと思うと、もっとよくしてやりたくて、さらに丹念に舌を使った。

そうやって裏筋やくびれ、その形を舌で確かめていく。

岩谷の中心は、ただ大きいだけではなかった。根元から少しずつ太くなっていき、くびれもはっきりして嵩の部分が拡《ひろ》がっている。年齢を感じさせないほど鋭角に立ち上がったそれは硬く、裏筋ははっきりしていた。亀頭部分の弾力も申し分ない。

絶賛の言葉しか思いつかない自分に、どれだけ好きなんだと呆れた。しかし、好きな男のものならこれほど愛せるものなのだと実感する。

「そんなに夢中でしゃぶられると、嬉しいだろうが」

「……あ」

顔に手をかけられ口の中から屹立を引き抜かれると、泉は名残《なごり》惜しくて、つい物欲しげな目を岩谷に向けてしまっていた。唾液が岩谷の先端から糸を引いており、それを見た岩谷はさも嬉しそうに笑ってみせる。

「どうした？　まだしゃぶっていたいか？」

岩谷の言う通りだった。

雄々しくそそり勃つそれを、もっと口の中に入れていたい。もっとしゃぶっていたい。しかし、それと同時に、次のステップに進みたいという思いもあった。

「うんっ」

もう一度濃厚なキスをされ、布団の上に俯《うつぶ》せにされる。背中から乗られたかと思うと、岩谷の手は尻の割れ目をなぞり、指先が蕾を探り当てた。

「こいつが、ここに欲しいんだろう?」

「ぁ……っく!」

いつの間に準備していたのか、指には軟膏《なんこう》が塗られており、岩谷はいきなり根元まで指を挿入した。容赦ないやり方に、苦痛の声が漏れる。

「何……用意、周到に……」

「駄目だったか?　そうは思えねぇけどな」

「んぁ、あっ、……っく、……ぁ」

乱暴にかき回されて顔をしかめるが、苦痛が快楽に変わるのに時間はいらなかった。そこはすぐに岩谷を受け入れ、貪欲な一面を見せ始める。

「どうなんだ?　俺のぶっといのが欲しいか?」

AVさながらの台詞に、なんてことを言うんだと耳を塞ぎたくなった。

「馬鹿、何、言って……」

「こういうのが好きなんだと思ってたよ」

「そんなわけ……っ」

「俺は好きだぞ」

軽く笑う岩谷に、全身が総毛立った。悪戯っぽく笑う岩谷の色香は言葉にならないほど濃厚なもので、泉の中のはしたない部分を引きずり出してしまう。

「俺は、こういうのが好きなんだよ」

だからつき合え、とばかりに、うなじに唇を押し当てながらこう言った。

「俺を誘ってみろ」

なんて男だと思った。肩やうなじに噛みつかれ、被虐的な快感に躰が震える。

「どうだ？」

「う……っ、……っく」

「ここに、俺のぶっといのが欲しいって言ってみろ。そしたら、可愛がってやる」

「んぁ、あっ」

疼いていた。繋がろうとせず、いつまでも煽ってみせる岩谷に観念せざるを得なくなる。

早く欲しくて、じれったさに身を捩るしかなかった。

「あんたのが……」

「なんだ？」

「あんたのが……、欲し、いんだよ……っ」

なんとかそれだけ言うが、岩谷には通用しない。

「ぶっといの、だろう？」

本当にそれを言うまで焦《じ》らすつもりなのかと思うが、いつまでもリードされるのも癪だった。ヘテロだったくせに……、と後ろを振り返り、目に涙を浮かべたまま流し目を送って岩谷を誘う。

「あんたの、ぶっといの、突っ込んでくれよ」

「！」

「あんたの、ぶっといのが、欲しいんだよ」

「この、淫乱め……」

耳元で少し怒ったように言ったかと思うと、岩谷はいきなり強く泉を押さえ込んできた。自分が言わせたがったくせに、どうして怒るんだと思うが、こういうのも嫌いじゃない。

いきなりあてがわれたかと思うと、一気に貫かれる。

「んぁ、あ、あ、――ぁあっ！」

泉は、掠れた声をあげながら岩谷を根元まで受け入れていた。

熱くて雄々しいそれを咥え込んだだけで、射精してしまいそうだった。繋がった部分はひくついて、岩谷を離そうとはしない。

しかし、すぐに中から引きずり出されると、再び根元まで深々と収められる。

「んあぁ、あ！　んぁ、はぁっ」

岩谷は、激しかった。尻を鷲摑みにし、容赦なく突き上げてくる。壊れるかと思ったが、壊して欲しいとも思った。手加減なんてしないで、自分を喰らい尽くして欲しい。

「んぁ、あ、あ、はぁ……っ」

膝を立てて突き上げてくる岩谷に、泉も尻を高々と上げて受け入れた。突っ込んでくれなんて言ったはしたない泉をお仕置きするような行為に、心底溺れた。

もっと叱って欲しいと強く願ってしまう。

「そんな面で、男をたぶらかしてきやがったのか？」

「んぁあ、あ、あっ！」

「どうだ？　俺のは、他の男より、いいか？」

この男が嫉妬心のようなものをちらつかせるのが信じられないが、責め立てるような行為に、自分の独りよがりではないと思えた。岩谷は自分以外の男との行為を、しきりに聞いてくる。

そうやって責められていると、ごめんなさいと言いたくなり、躰だけでなく心までも征服される悦びを知った気がした。

「どうだ？　他の男より、いいか？」

「んぁ、あ……っ、……はぁ……っ」

「どうなんだ？」

「あんたの、方が……イイ……、……んぁ！」

「聞こえねぇぞ」

「……んぁ、あ、……あんたの、方が、……イイに、……決まってる。……んぁああ！」

ズクリと中で岩谷が大きく脈打ち、熱を持った泉の躰はますます熟れていく。

「この、淫乱め……」

「ぁあ、あ、んぁ、……はぁ……っ、……ん」

あまりのよさに、シーツに顔を埋《うず》めて啜《すす》り泣いた。絶頂が近づいてくると、岩谷もそれがわかったらしく、息をあげながら泉をいっそう激しく前後に揺すった。

頭の中まで、かき回されているような気分だ。

「中、……出す、ぞ」

そう言われ、自分で自分を握って射精しようとした。しかし、手を取られて阻止される。

「阿呆。尻で達くんだよ」

耳元で叱られた途端、触れてもないのに一気に高みはやってきて、泉は下腹部を震わせながら白濁を放った。

「――んぁあああ……っ！」

その瞬間、咥え込んだ岩谷のそれもビクビクと痙攣する。

「――っく」

岩谷が小さく呻いたのが聞こえ、泉はこの上ない幸せを感じながら自分の奥で好きな男が爆ぜる瞬間を味わった。


ようやく発熱した躰が落ち着いてくる頃、くたくたに疲れた泉は天井を眺めていた。相変わらず限界を知らない男だと思いながら、ぼんやりとする。

隣では、岩谷がタバコを吹かしていた。

セックスのあとにタバコを吸われるのは、嫌じゃない。満足そうな横顔を見ていると、こういう時間もいいと思った。躰に残る甘い疲労を、いつまでも感じていたい。

「泉。お前のところに、庄野が来ただろう？」

「んー？　……ああ、こっちに引っ越してくる前に来た。事件のことについても、その時に教えてもらったよ」

「お前が奴らの計画を阻止したんだぞ」

「俺一人の力じゃないだろ？」

「まぁな。だが、お前が金庫を開けてくれたおかげで、奴らの目的がわかって計画を阻止できたのは事実だよ」

「現実味はないけどな」

泉はゆっくりと躰を反転させて俯せになり、枕を抱く。

こうしているだけで満ち足りた気分に包まれ、岩谷をじっと眺めていた。特に何がしたかったわけではない。男らしい横顔を見ていたかっただけだ。ほんの今まで自分を抱いていた男を、眺めていたかったのだ。

岩谷はしばらく無言でタバコを灰にしていたが、枕元の灰皿でそれを揉み消してしまう。

「なぁ、チェルノブイリ知ってるか？」

「知ってるけど、いきなりなんの話だよ？」

チェルノブイリ原発事故。

当時の記憶はあまりないが、チェルノブイリで原子力発電所の事故が起きたことはよく知っている。放射能汚染により草木は枯れ、動物も死に、今も立ち入り禁止となったままだ。

「あれ、今どうなってると思う？」

「さぁな。生き物が住めるようになるまで、何十年もかかるんじゃないのか？　木も草も枯れたまま建物だけが残って後は砂漠みたいになってるイメージだけどな」

「それが違うんだよ。立ち入り禁止になって人間は近づけないが、今はかなり自然が復活してるんだと。青々とした緑に包まれてる」

「え、そうなのか?」

「自然の力ってのは、すげぇな。人間がいないだけで、そこまで復活するんだから」

「へぇ」

意外だった。

原発事故のあった場所なんて、放射能に汚染されて何十年も生物が生きていけない不毛の土地になるのだと思っていた。建物などの人工物だけが残り、荒れ果てたそれらが横たわっているゴーストタウンに、乾いた風が吹いているようなイメージだった。

今は緑に包まれているなんて、にわかに信じ難い。

蝶が舞い、鳥のさえずりが聞こえる緑溢れるチェルノブイリ。

やはり、想像がつかない。

「植物ってのはすごいんだよ。人間がいないと、次々にアスファルトを突き破ってコンクリートも何もかも覆っちまう。そうなったら今度はそれを喰う虫や花の蜜を吸いに来る蝶なんかが誕生してな、そうすりゃ今度は鳥みたいなもんも出てくる。野生動物がどんどん繁殖して、さらに自然の回復は加速するらしい」

「へぇ」

「どこかの研究チームがな、人間だけが地球上から忽然と消えたと仮定して、どれほどの速さで自然が回復するかシミュレーションをやったらしいんだよ。人工物が草木で覆われるまで、五年十年で済んじまうんだ。どんなに文明が発達しても、自然破壊は止まんねぇってのに、皮肉なもんだよなぁ」

岩谷が何を言おうとしているのかはわからなかったが、長年仲間だと思ってきた村山のことと関係しているのかもしれないと思った。

あれから三ヶ月は経ったが、そう簡単に割り切れるものでもないだろう。

「もしかしたら、村山って人はそういう考えに賛同してあんなことを……」

「阿呆。あの人は、昔から悪事に手を染めてたんだ。自分に負けただけだよ。何俺に気ぃ使ってやがる」

「別に、そんなつもりじゃ……、──わ……っ」

頭に手を置かれ、乱暴に撫でられた。

先ほどあれだけ濃厚に交わった仲だというのに、今はてんで子供扱いだ。いや、子供というより、ペットでも可愛がるようにがしがしと頭をかき回してくれる。

「おい、いい加減に……」

「ありがとうな」

「！」

岩谷を見ると、ニヤリと笑いながら泉を見下ろしていた。

「別に、そんなんじゃないって言っただろう」

「ま、そういうことにしといてやるよ。ったく、バンビちゃんはかーいいなぁ」

「二十七の男に向かって何が『バンビちゃん』だ」

いつまでも頭を撫でるのをやめない岩谷に何か言ってやろうと思ったが、このおっさんに勝てるわけがないと、諦めてされるがままになる。しかし、しばらくすると乱暴な手は次第に優しくなっていき、その心地よさに泉は枕を抱いたまま眠りに落ちた。

エピローグ

「も〜。遅いじゃないの〜」

派手な化粧をした女が、マンションの部屋の前でタバコを吹かしていた。女はイライラを隠し切れず、泉が到着するなり駆け寄ってくる。

「すみません、仕事が立て込んでたもんで。すぐに作業に取りかかりますね。その前に免許証か何か、身分を証明できるものをお願いします」

泉は、免許証で女が部屋の持ち主だと確認した。

前の仕事を終わらせてすぐにここに直行したが、三十分は待たせている。しかも、客はいかにも待つのが苦手なタイプの女性だ。

「すぐ開く？」

「努力しますよ」

しきりに話しかけてくる彼女に答えながら、泉は作業に取りかかった。

今のところ、商売は繁盛している。洋介ママとデラちゃんが、あの調子でぺらぺらと泉の店のことを客に触れ回り、チラシを配ってくれたおかげで水商売をしている人間を中心に顧客が増えた。

職業柄酒を飲む機会も多く、酔って鍵を落としたり車の中に閉じ込めたりと、思った以上に需要は多い。また、腕がいいと評判が評判を呼び、今はこなし切れないくらい仕事が来ている。

彼女のマンションの鍵はこの手の集合住宅でよく見られるディスクシリンダー錠で、防犯効果はあまり高くなく、泉が到着してから五分で部屋のドアは開いた。

不機嫌だった彼女はあっという間にご機嫌になり、泉にキスせんばかりの勢いで礼を言った。鍵を替えた方がいいとアドバイスすると、彼女は名刺だけ受け取って料金を払い、さっさと部屋に消えていく。

そして、帰ろうとした時だった。

一階下から激しくドアを叩く音と男の声が聞こえてくる。聞き覚えのある声に、泉はエレベーターに乗るとその階で降りて、そっと様子を窺ってみた。すると、やはりそこでは新宿で有名な刑事が何やら吠《ほ》えている。

「おう、いいところに来やがった」

泉に気づいた岩谷はズカズカと近づいてきて、泉をドアの前まで引きずっていった。

「何やってるんだ?」

「お前、ちょっとこのドア開けろ」

「は？」

「中に容疑者がいるんだよ」

「逮捕状は？」

「ない」

堂々と言ってくれる岩谷に、心底呆れた。非常識なのはわかっていたが、まさか自分にそんなことを言うとは思っていなかった。さすがに新宿で一目置かれる刑事は違うと感心する。

「あのなぁ。俺はこれで商売してるんだよ」

「ケチ臭ぇな」

「そういう問題じゃない」

長居すると妙な手伝いをさせられそうで、泉はすぐさま踵《きびす》を返してエレベーターに向かった。しかし、岩谷が泉を追ってドアから離れた瞬間、中にいた男が部屋から飛び出し、二人がいるのとは逆の階段から駆け下りていく。

「あ、待ちやがれ！」

岩谷が男を追いかけると、すぐ下で格闘する激しい音が聞こえた。それが収まると泉は様子を見に階段を下りていく。

容疑者らしき男は、地面に仰向《あおむ》けになって白目を剥いていた。

相変わらず乱暴な男だと、呆れて溜め息をついてみせる。

「俺が開けなくても、捕まえられたじゃないか」

「素直に開けてりゃこんなに面倒なことにはならなかったんだよ」

「人のせいにするな。まともな依頼なら、いくらでも開けてやるよ」

それは、もう自分の技術に溺れたりしないという自信だった。二度と、間違いを犯したりしない。

泉が晴れ晴れとした表情をしていたからか、岩谷はニヤリと笑う。

「じゃあ、大丈夫だな」

「……？」

岩谷は泉に背中を向けてから、携帯を取り出して話を始めた。何やらほくそ笑んでいる気がしてならない。

「ああ、中村か？　俺だ。この前のアレだけどな、……ああ。大丈夫みてぇだから、安心しろ。腕は証明済みだからな」

しばらくやりとりをし、電話を切る。

「お前んとこに依頼するってよ」

「なんの話だ？」

「中村だがな、あいつは由緒ある家柄のお坊ちゃまなんだよ。蔵に眠る古い金庫があるらしい。もうずっと開けられてねぇって話で、前々から開けたいとお袋さんが漏らしてたんだと」

まさか、その依頼を勝手に受けてしまったのだろうかと、信じられない思いで岩谷を見たが、どう見ても答えは『イエス』だ。

「ダイヤル、二つあるらしいぞー」

勝手なことをしてくれる男に呆れるが、スリルを味わうためでなく、それを開けて欲しい誰かのためにならいくらでもやれる。

「望むところだ」

挑発的に言ってやると、岩谷はククッと喉の奥で笑った。

あとがき

ありがたいことに、今回の本が何冊目なのかすぐにわからないほどたくさんの本を出していただきました。業界の隅に生息するようになって九年が過ぎ、今は十年目をひた走っている中原です（まだいたのか）。

今回もまたオヤジで刑事です。しかも受は鍵師。「～師」という職業にすごくそそられます。「彫り師」「ゴト師」「サオ師」などなど。「～師」とつくと、ちょっと昭和臭くて昭和好きの私は萌えてしまうのです。

デビューした当時は学園物一色のＢＬ界でしたが、今は細分化が進んでいろんなタイプのお話を見かけますよね。電子書籍なんてものも出てきて、当時と今の違いを感じながら「ああ、長く業界にいるんだなぁ」としみじみ思うことも……。

そういえば突然話は変わりますが、子供の頃に嫌いだったお父さんの匂いが、最近自分の部屋からしてくる気がするんですがっ！

オヤジばっかり書いてるから、おっさんになったのでしょうか。すごく嫌です。

お母さんの匂いじゃなく、お父さんですよ。オヤジの呪いでしょうか。というかこんなことを告白して、あとですごく後悔しそうです。あとがきなんかに書いてしまったら、二度と取り消すことができない～。とりあえずアロマでも炊いてみるかのう。

それでは、己のおっさん化を猛烈アピールしたところで、お世話になった方々にお礼をば……。

素敵なイラストを描いてくださった立石涼先生。イラストをつけていただくのは二度目になりますが、今回も素敵に描いてくださりありがとうございました。

ＰＣ＆ウィルス関係でいろいろ教えてくださったＵさんと、Ｕさんの会社で一番オタクな同僚さん。細かい質問にまで答えてくださりありがとうございました。

そして担当様。いつも突っ込みどころの多い原稿を出版できるまでにしてくださり、ありがとうございます。

最後に読者様。今回の作品はいかがでしたでしょうか？　私の作品を気に入っていただけたのなら、またぜひ読んでくださいませ。

中原　一也

中原一也先生、立石涼先生へのお便り、
本作品に関するご意見、ご感想などは
〒101-8405
東京都千代田区三崎町2-18-11
二見書房　シャレード文庫
「鍵師の流儀」係まで。

本作品は書き下ろしです

CHARADE BUNKO

鍵《かぎ》師《し》の流《りゅう》儀《ぎ》

【著者】中《なか》原《はら》一《かず》也《や》

【発行所】株式会社二見書房
東京都千代田区三崎町2-18-11
電話　03（3515）2311［営業］
　　　03（3515）2314［編集］
振替　00170-4-2639
【印刷】株式会社堀内印刷所
【製本】ナショナル製本協同組合

落丁・乱丁本はお取り替えいたします。
定価は、カバーに表示してあります。

ISBN978-4-576-10151-4

http://charade.futami.co.jp/

CHARADE BUNKO

スタイリッシュ&スウィートな男たちの恋満載

中原一也の本

そんなに恥じらうな。歯止めが利かなくなるだろうが

愛してないと云ってくれ

イラスト＝奈良千春

日雇い労働者の街の医師・坂下と労働者のリーダー格・斑目。日雇いエロオヤジと青年医師の危険な愛の物語

「愛してないと云ってくれ」続刊！

愛しているにもほどがある

イラスト＝奈良千春

医師・坂下は、元・敏腕外科医で今はその日暮らしの変わり者・斑目となぜか深い関係に。そこへある男が現れ…

きゅっと締まりやがる。名器だよ

愛されすぎだというけれど

イラスト＝奈良千春

医師・坂下と日雇いのリーダー格の斑目。平和な日常は斑目の腹違いの弟の魔の手によって乱されていく…

CHARADE BUNKO

スタイリッシュ＆スウィートな男たちの恋満載

中原一也の本

大股広げた女より、お前の方がいい
ワケアリ

男たちが押し込められた隔絶された船の中。船長の浅倉は、美青年・志岐に厄介ごとの匂いを嗅ぎ取るが…。

イラスト＝高階 佑

俺のところへ来い。可愛がってやるぞ
闇を喰らう獣

美貌のバーテンダー・槙は、緋龍会幹部・綾瀬の逆鱗に触れてしまい、凄絶な快楽で屈辱に濡らされ……。

イラスト＝石原 理

お前を、ずっと、汚したかった――
水底に揺れる恋

男らしさに拘る高田と幼馴染みの志堂。会えば喧嘩ばかりだが、かつて一度だけ重ねた唇の感触が蘇り…。

イラスト＝立石 涼